荒川昤子

墓仕舞い

本の泉社

墓仕舞い——目次

装丁・桂川　潤

墓仕舞い

荒川眳子

父の骨

1

まだ寝ているのかえ。まったくいつまで寝ているつもりだろう。そんなに寝ていたら目が腐ってしまうよ。たまの休みだからって……。たまの休みだからこそ早く布団を干すなり掃除でもすればいいのに、まだ洗濯もしていないじゃないか。ボタンを押すだけなんだから、寝ている合間にもできるでしょ、しょうがないねえ。こっちの部屋に掃除機をかけるからね。音がうるさいって？　本当にこの掃除機は音がうるさいこと。おや、起きて来たのかえ。この音じゃあ寝ていられないだろうけどさ。ちょっとそこのクッションをどかしておくれ。いいよ、掃除はわたしがするから、顔でも洗って、きちんとお化粧でもしなさい。そうすればシャキッとするから。この部屋は何もないから掃除がしやすいこと。休みだからって、することはチャンチャンとしないと一日中だらけてしまうよ。ほらね。化粧したら気分も違ってくるからね。あ、そこの薬缶にお湯を沸かしてちょうだい。今日はお茶菓子を買ってきたから、一緒にお茶でも飲みましょ。わたしなんか若いときも結婚してからも生活に手いっぱいだったけど、身なりはきちんとしていたよ。あそこのかあちゃんはだらしがない、といわれるのが嫌だったからね。ああ、そうそう、ゆうべ、とうちゃんの夢を見たよ。そうなの。迎えに来た夢をね。

2

父が死んだのは、稲の刈り入れも大方終わり、村中がほっと一息している九月の半ばでした。私は小学六年生で、屋外体操場で徒手体操の最中でした。そのとき、近所のおじさんが早足にやって来ました。おじさんは生徒の前の台の上に立っている先生を見上げるようにして、赤く灼けた首の周りを手拭いで拭きながら何かいって、頭をぺこぺこ下げました。すると先生が、映子、こっちに来い、と私を呼びました。クラスのみんなが一斉に私の方を見ているなかを、一種得意な気分で前に進み出ました。

「とうちゃんが死んだから、オレと一緒にすぐ帰れや」

おじさんが、私の目を覗き込むようにしていいました。みんなが注目しているなかを、私は急いで教室に戻りかばんをとってきました。

肩から斜めに下げたカバンが尻のあたりで跳ねるのを手で押さえながら、私は稲が刈り取られた田んぼの脇道を、おじさんの後から小走りしながら家に帰りました。途中、田のなかで作業している男に、おじさんが声をかけました。

「今日はまた、ずいぶんと暑いのう」

「はあ、まったくそうだの」

「又右衛門が亡くなってのう」

「ほう、そうだかてえ、それはそれは、子どももちっこくて大変だのう」

「いやいや、なんていったらいいのかのう……」

そういって、おじさんはまた歩き出しました。田のなかの男は私を哀れみのこもった優しい表情で見ていました。

中学三年生の姉はもう帰って来ていました。親戚の人たちもぼつぼつと集まりはじめていて、小さな家は人でワサワサとしていました。

父は、朝、私が学校に行くとき寝ていた仏壇のある六畳間の壁際に、まだ同じように横たわっていました。親戚や近所の人たちでざわめいているなかで、小学生の私はみんなから可哀そうがられていることを意識していました。

一通りの儀式が終わって、元警察官だった母の弟が、父の硬くなった骨をボキボキ折って座棺に収めました。いよいよ最後の棺の蓋に釘を打つとき、父の兄で本家の伯父さんが棺に取りすがって又右衛門、又右衛門、と何度も父の名を呼び続けました。みんな泣いていましたが、私は涙が出て来ませんでした。隅の方に隠れるようにして、姉は眼をこすっていました。母は肩をふるわせながら涙を流していました。

「又右衛門は、死ぬときまで周りの人のことを考えて死んだんだのう」

葬式の手伝いに来ていた近所の人たちが、口々にそんなことをいっていました。

父の死んだのが、村の農作業が一段落した時期であったということ、それに冬の埋葬には数メートルの積雪のさらにその下の土を掘らねばならない大変な作業になることから、その手間を村人にかけさせなくてよい時期、ということのようです。

父が埋められたのは「ハツカッピラ」という村の共同墓地で、山全体が杉に囲まれ鬱蒼としていて、昼間でも子どもたちは一人でそこを通るときなどは、ドキドキしながら急いだものでした。

山の頂上には「関矢様」と呼ばれる村一番の古い大地主の墓がありました。そこからだんだん畑のように切り取られて、古い格式のある家から順に下の方へ墓が造られています。そういう具合に階級づけられていてもなお、その山の裾野にすら墓を造れない者もいるようでした。この村で生まれ育った人間ではない「よそ者」たちは、また別の場所があったのです。山の中腹にある本家の、その分家の父の墓は、「ハツカッピラ」の入り口近くにありました。わずか二メートルあるかないかの、まだ何もない更地に、すでに黒く土が掘り起こされていて、湿った臭いのする穴が深く口を開けていました。村の衆が荒縄でそろそろと棺を下ろしていきました。私は本家の伯父に促されて、穴の底の白い棺の上に、黒い湿った土塊を片手で一握り掬って落としました。穴の底からはかすかに音が上がってきました。

そのときなぜか急に悲しくなり、私は声をあげて泣き出してしまいました。黙々と作業をしていた大人たちからも、すすり泣く声が聞こえました。

父を埋めた土の上には、木の卒塔婆が建てられました。

父はここ一、二年寝たきりで、死ぬ半年ほど前からは深く落ち窪んだ大きな目だけが、微かな人間の感情を表すだけの、すでに死を受け入れているような穏やかな眼をしていました。

それより以前、私が物心ついた時分から、父は病人でした。

母は行商をしながら、家族四人が食べるには足りないわずかな米と野菜をつくって生活をしていました。

四十五歳で父は死に、母は四十三歳で後家になりました。

それから先の生活は、父の世話をしなくてよくなった分、母の身体と心は楽になったのでしょうか。父は横たわっているだけの人でしたから、生活そのものは前と少しも変わりませんでした。

ただ、父の布団がずっと敷かれっぱなしだったわずか畳一枚分が黒く変色していて、いつまでも父の存在が意識されて、部屋に一人でいるのが怖かった。父の死が怖かったというより、壁際は「死」そのものが居坐っているように感じられたのです。

3

わたしがとうちゃんと結婚したのは幾つのときかって？　二十八だったかねえ、もちろん見合いよ、そのころの話としちゃ、とっくにとうが立っていたっていうのかえ、ま、そうかもしれないけど……。丈夫な男はみんな戦争にとられていたしね、とうちゃんは身体が弱そうだったから、わたしは乗り気じゃなかったのよ、本当よ。どうしてもついて行くって見合いの席についてきた弟、ほら横浜にいるあんたの叔父さん、あれがね、あの人は絶対いい人だっていうもんだからね、それからすぐ結婚して岐阜に行ったんだよ、とうちゃんは陸軍工廠に勤めていたからね、戦争の時代で何もなくて大変だったけど、それでもわたしの一番いい時期だったのかしらね、それなりに楽しかったよ。あんたはもうとうちゃんの具合が悪くなったあとのことしか知らないだろうけど、いろいろと優しい人だったよ、とうちゃんは。でも人が良すぎたね、配給は近所の人にあげてしまうし、会社の若い人が遊びに来ると家にある物を持たせてやるのよ。あとでよくとうちゃんに文句をいったものだよ、わたしたちだって食べ物は足りていないのにってね。そうすると若い人はもっと食べたいだろうって、にこにこしているんだから喧嘩にもなりはしない。えっ、愛していたのかって？　あんたはすぐそういって親をからかうんだから……。あのころはね、愛だの恋だのなんていっていられる時代じゃないよ、それから敗戦になって田舎に帰って来たのよ、本家の隣に家を建ててもらってね、田んぼと畑を少しずつもらって。もともと身体の弱い人だったけど、あんたが生まれたころからだね、身体がどんどん不自由になってきたのは……。昔のことだから医者だって何の病気かわからないし、だからわたしが働くしかなかったのよ、そのころよ、行商を始めたのは。この茶饅頭、おいしいでしょ、太る？　大丈夫、和菓子は太らないんだから、食べてみなさい、ね、おいしいでしょ、お茶、おかわりしようか。

4

母は父が死んでからも一生懸命働いてきました。卒業式も入学式も授業参観にも、母が来てくれた記憶が私にはありません。

姉はすでに中学を卒業して、東京の知り合いの和菓子屋に働きに行っておりました。正月を何日か過ぎた、雪がしんしんと降る日でした。どういういきさつだったのか覚えていませんが、私は母に連れられて汽車で町まで映画を観に行きました。

村の作業場や小学校の体育館では、年に一、二度農閑期に映画上映や芝居小屋がかかりました。それは村で唯一の文化的娯楽なのです。そういう日は早めの夕食をすませて風呂に入り、老人も子どもも家族総出で近所の知り合いと誘い合わせて観に行くのです。上映の何十分も前から集まって、男たちは顔見知りとそこここにかたまって、去年の作物の出来不出来を話し合い、女たちは村の誰彼の噂話をする。そこは村の社交場でもあったのです。

そのような形で、村で映画を見ることはあっても、わざわざ町の映画館に映画を観に行くことなど、贅沢でもあり、ハイカラでもあり、私はそのときが初めてでした。いまでも「黄色い風土」という題名をはっきりと覚えています。中学生の私がこの映画を見たいと母にせがんだのではないと思います。母が選んだのでもなく、おそらく町に一軒だけの映画館にはそれだけしか上映されていなかったのでしょう。映画館で映画を見る、そのささやかな贅沢を何らかの理由があって母は実行したのではないかと思います。帰りにニコニコ食堂でラーメンを食べて帰ってきました。

それからしばらくしたある日の夕方、母は行商から帰ってくるなり夕食の支度もそこそこに父の仏壇の前に坐って、鉦をチンと鳴らしました。そしてあっけにとられている私をしり目に、口のなかでぶつぶつと熱心に般若心経を唱えはじめました。母はお経を一通り唱え終わるとチンと鉦を鳴らし、ようやく簡単な夕食の支度にとりかかりました。二人で掘りごたつに向かい合いながら、商い用のサンマの缶詰を開けただけの、粗末で遅い食卓です。

しばらく黙って食べていた母が、「保護をもらうのをやめるよ」とぽつりといいました。最初、私はその意味も何のことかもわかりませんでした。父が寝たきりになってから伯父の助言で、生活保護を受けていたのだそうです。それを急にやめることに決めたというのです。

「今日商いに行った先で、鶴見屋のかあちゃんが、又右衛門のかあちゃんは生活保護をもらっていながら町に映画を観に行ったりしている、と近所の人にいいふらしていると聞いてきた。何が悔しいといったって、こんなに悔しい思いはしたことがない。誰に迷惑をかけているわけじゃなし、一生懸命働いて初めてお前を連れて行ったのに、なんでそんなことまでいちいち干渉されなくちゃあならないんだろう」

母が飲み込むご飯の音が聞こえてくるようでした。

父が死んで二年目の、雪もようやく消えたころ、母は父の墓を建てました。父のお骨は掘り出さずに、表面だけ整地したその上にちょこんと台座の載っている小さな石の墓でした。

それでもようやく木の卒塔婆から石塔になったことで、母は肩の荷が下りたのか嬉しそうでした。それは母にとって精いっぱいの踏ん張りだったのでしょう。たとえ小さくとも誰からも馬鹿にされない、ちゃんとした墓を建てることが、母が働く目的の一つになっていたのかもしれません。

この年の雪がすっかり融けた五月の末に、父の墓は木の卒塔婆から石の墓になったのでした。

5

なんで再婚しなかったかって？　馬鹿なことというんじゃないよ、あんたはすぐ小説みたいなことを考えるのだから。もう結婚なんてこりごりだったのさ、わたしにとって、結婚って、そうだねえ、生活そのものだったよ。どんなふうにして米を手に入れるか、そればっかり考えていたね、結婚するまでわたしは群馬の製糸工場で働いていた、ずっとね、そのころの工場はみんな坐って糸を紡ぐのだったけど、わたしの働いていた工場は、ハイカラな方でね。立って紡ぐんだよ、わたしは上手だった、不良品なんて出したことがなかった、表彰されたこともあったよ、もちろん実家にほとんど仕送りしていたけど、それでもお小遣いは十分あった。野麦峠？　違う違う、あんなにひどくないさ、工場では楽しかったよ、金紗の着物や金糸の入った帯など、その時分はずいぶんと着物を作ったよ、結婚して、それが全部米になってしまった。……再婚なんて一度も考えなかった、本当よ、一度だけ話があったけど、結婚しても同じように働いてゆくのなら一人のほうがずっと気楽だし、あんたたちもいたからね。やもめだってことでずいぶん悔しい思いもしたし、悲しい目にもあったけど、わたしは納得のいかないことは、納得がいかないとはっきりという。そういうふうに生きてきた。とうちゃんが生きているころは、又右衛門のかあちゃんはかかあ天下だとずいぶんいわれたし、周りの人にも気性が激しいっていわれたけど、めそめそ女っぽくしていたら食べていけないよ。楽天的かって？　そんな七面倒くさいこと考えたことないよ、ただ人に馬鹿にされたくない、後ろ指差されたくないって、そういう気よ。ただね、たとえ寝たきりでもとうちゃんが生きていたときは、商いから帰ってきても愚痴を聞いてくれたし、何かと相談できたからね、その分心強かったけど……。

6

東京に行った姉が二十歳で結婚しました。それから一年ほどして私も高校を卒業すると就職のために上京しました。田舎に母が一人残りました。姉も私も田舎で暮らす気はまったくありませんでした。

　十一月の末ごろから降りはじめる雪は、最初はじくじくとしていて、そのうちどかどかと落ちるように降り出し、一段と寒気が厳しくなる二月の末ごろからは、それまでかんじきが必要だった雪面は、シンバイ（凍み渡り）ができるほどザラザラと凍りつく。なだらかな起伏の雪面は、朝日を受けて一斉にきらきらとまばゆく輝きだす。雪国に暮らす私にとって一番美しい瞬間。そうして四月の末になると、梅も桜も一斉に咲きはじめ、野山には山菜が顔を出し、むせかえるほどです。

　一年を見れば美しい村ですが、四六時中降り続ける雪は、あっという間に部落を一飲みにしてしまいます。一晩に一メートル以上積もることは当たり前です。毎朝、村の生活が始まる前に、それぞれの割り当てである隣の家の前までの新雪を踏みつけて道をつけるのです。新しく積もった雪をかんじきで踏み固めてゆくのは骨の折れる仕事です。一番激しく降る一月、二月ごろは、朝に、昼に、晩にと、踏んでも踏んでも雪が積もっていきます。屋根の雪下ろしも大仕事で、十日に一回だった雪下ろしも、それが一週間に一回になり三日に一回になり、そして朝に晩に道踏みをしなければならなくなる。天が破れてしまったのではないかと思えるほど毎日毎夜降り続きます。

　冬が峠を越すころには、家はまるで雪の谷間で窒息しそうに佇んでいます。だからといって雪を厭わしいとか、まっぴらだとか思うのではありません。生まれたときからすでに雪とともに暮らす生活があったのです。

五十歳になった母が生まれ育った故郷にふんぎりをつけたのは、結婚していた姉に妊娠がわかったときでした。いずれは同居するのだから、まだ丈夫で身体が動くうちに一緒になって姉夫婦を手助けした方が義理の息子との関係もうまくいくのではないか、と姉と私が相談して母に勧めたのです。老いてからの一人暮らしの一年間、豪雪地での生活に不安を感じていたのでしょうか、母は案外あっさりと家を二束三文で処分して、故郷を後にしました。それからは一年に一度お墓参りに帰郷していました。口紅を塗り、精いっぱい都会風におしゃれして母は嬉々として出かけて行きました。

何年かして、私も上京後初めて母と一緒に墓参りに帰りました。

「そんなだらしのない格好していったら笑われるから」

母のたっての願いで、ジーンズのかわりに着ていったワンピース姿は、墓地に行くまでの道々で会う野良仕事をしている人たちから見れば、これ見よがしに「東京からやってきました」と映ったことでしょう。

すでに田植えも終わり、田の草取りや畑の草取りをしている佐助のかあちゃんや、喜十のじいちゃん、為五郎のばあちゃんなどにも会いました。

「はあて、又右衛門のかあちゃん、ずっと元気だったかの？　東京に行ったんなんが、娘さんもきれいになったのう」

と声をかけられると、つい数年前までは同じ方言で話していたその口から、

「ええ、おかげさまで元気でやっています。東京は人が多くてゴミゴミしているけど、田舎は変わらなくていいですね。上の娘の所の商売も順調で、わたしはしあわせ者ですよ」

と自慢そうに東京弁で話すのです。

母にとって、この、年に一度の帰郷は何よりの楽しみだったようです。

父の二十七回忌の法事を済ませました。母も七十歳になり、そろそろ自分の死んだときに入る場所を考えるようになったのでしょうか。もう一度、墓を造ることを考えはじめました。

今度は、石塔が建っているだけの前の墓と違って、石塔の下に骨を入れる部屋のある墓です。年に一回の墓参りに帰ったとき、村の石工と相談して、自分の骨壺を入れるのに十分満足できる墓を造りました。

7

墓を造り直したから、わたしもこれで気にかかることがなくなったよ。今度こそ直さなく

てもいいきちんとした墓だしね、ほら、あんただっていい歳して、いまだに結婚する当てもないでしょ、だからあんたが死んだときにもわたしの墓に入れるようになっているしね、そうよ、あんたのことも考えて造ったんだから……。あんたはすぐそうやって馬鹿にした顔をするけど、こういうことは大事なことなんだよ。これでまとまった金が出てゆくこともないでしょう。郵便局に三百万円くらいあるしね、十年ほっとけば倍くらいになるだろうから、病気のときや葬式代にはなるだろうさ。いままで年に二十三万貰う国民年金は貯金して、月々にねえちゃんとあんたから貰うお金を小遣いとして使ってきたけど、もうお金を貯めることもないから好きにするよ。でも、わたしが一生かかって貯めたお金が三百万なんだねえ、よく頑張ったもんだね、この前造った墓だって？　あんたたちは無関心で一度も見に行かないんだから情けないね、……今度のは、段が三段もあって前のより三倍も大きいのだよ。石の下もコンクリートで固めたきれいな部屋を造ってあるしね、立派だよ、えっ、とうちゃんの骨かえ、もちろん掘り返さないよ、だって、あんまりにも古いじゃないか、あんたは変なこというね、だってしょうがないだろ……。ところでお昼どうする？　たまには外に行きましょうよ、わたしはおそばがいいわ。

8

自分の最後の住処を、爪に火を灯すようにして貯めた金と自分の才覚でようやく手に入れた母は、心の安らぎを感じているようです。父のお骨を掘り返して新しい墓に安置しないのか、と聞いた私に、「とんでもない、せっかく静かに眠っているだろうに、なんでわざわざ起こすようなことをするの、そんなことできない」と、恐ろしそうに顔をしかめていった母です。

身体が弱かった父を引っ張ってずっと頑張り、かかあ天下といわれた母は、死んでからも父の上にデンと坐り続けることになるのでしょうか。

昔そうであったように父は、相変わらず母の尻に敷かれて、冷たくじくじくとした地面の下にこれからも眠り続けるのでしょうか。

小さな旅

市内で十坪ほどの小さな喫茶店を営んでいる飯塚映子は、休みの日は遅くまで寝ているのだが、店の定休日の午前十時ごろになると決まってドアホンの音で起こされた。眠気の冷めやらぬ頭でドアの覗き穴に目をあてると、魚眼レンズで歪んだ母のヨシ江の顔が、覗いた目の前に広がって見えた。ヨシ江は急かすように二度三度と立て続けにドアホンを押し続けた。

「一回押せばわかるわよ」

映子はぶすっとしたまま、ヨシ江を招じ入れた。

「おはよう。まだ寝ていたの。もういい加減に起きなさいよ」

ヨシ江は娘の不愛想など気にも止めず、この日も入ってくるなり台所に行ってお湯を沸かしはじめた。映子は居間に戻り、パジャマのままソファに身体を横たえた。昨夜帰宅の遅かった映子が使ったままにしてあった皿やグラスを、ヨシ江は台所で洗いはじめた。それが終わるとポットを手にして居間のテーブルの前に坐った。片づけが一段落したさわやかな顔をしていた。やることをやってしまえばゆっくり休める、というのが母の口癖であった。

映子はごろりとしたまま新聞を読んでいて、ありがとうもいわない。四十過ぎても娘は娘で、七十過ぎても親は親といったこの関係が、映子は嫌いではなかった。映子はヨシ江が文句をいえるダメ娘でいようと思っている。

「あんたはまったくしょうがないねえ」

案の定、映子のだらっとした姿に小言をいうヨシ江の顔には、親としての自信があった。

ヨシ江は映子の住まいから七、八分のところに、姉娘の律子家族と暮らしていた。一緒に暮らしはじめて二十数年たっているのだが、娘婿の良治との折り合いがよくなかった。無口でふだんはヨシ江に話しかけることをしない良治だが、酒を飲んで酔ったときなどには刺すような視線で見たり、ちょっとしたヨシ江の行動に舌打ちして嫌な顔をする。そんなときヨシ江は、黙ったまま自分の部屋に戻る。世話になっているという思いが、ヨシ江を肩身狭くさせているのである。だから映子は、親の権威としての小言を一身に引き受けることにしていた。それでも、

「ポットの頭のところを押さないと、お湯が出ないでしょ」

開閉口を閉めたまま急須にお湯を注ごうとしているヨシ江を見て、映子は新聞の上から目だけ出して注意した。ヨシ江は、あら、そう、といって開閉口を押した。

「ほら、お湯がこぼれた」

映子は自分では何もしないくせに、いう必要のない言葉でヨシ江に文句をいった。いつもなら、あんたは口ばっかりで、とすぐやり返されるのだが、この日に限ってなぜかヨシ江は元気がなかった。映子は母の顔色をうかがった。ヨシ江は黙ってお茶を二つの湯飲みに注いだ。

「このお茶、おいしいでしょ。ちょっと高いけど奮発して買っておいたのよ」

映子はヨシ江の油気の抜けた顔を見ながら、気を引くようにいった。

姉夫婦が母の面倒を見ているから、映子はその家庭内で起こるごたごたに自分から口を挟まないようにしていた。

以前、姉の家で映子も交えて食事をしていたときのことだった。ちょうどよい塩梅に味付けしてあったおひたしに、ヨシ江が味見もしないで醬油をかけた。

「もう味がついているでしょ。血圧が高いのだから醬油をそんなにかけたらだめ。舌がどうかしているんじゃないの」

声を荒げて律子がいった。良治は目だけを動かしてヨシ江を見た。映子はそのきついいい方にびっくりした。その後は何事もなかったかのように食事はすすめられたが、映子の気持ちは落ち着かなかった。だから、食事の後片付けをしていた律子に、

「少し言葉がきつかったんじゃないの」

と機嫌を損ねないように気を遣いながら姉にいってみた。

「あんたは毎日一緒に暮らしていないからいえるのよ。四六時中一緒にいるとね……」

律子はそういって黙った。夫と母の間の折々のこと思い起こしているのか、黙ったまま手荒く食器を洗い続けた。両方に気を遣っている姉にそれ以上映子は何もいえない。母にわずかばかりの小遣いを渡す以外、何も協力していない身でそれ以上差し出がましい口をきくことはやめたのだった。

そんなことを思いだしながら映子は、

「うまい。さすが淹れ方が上手ね」

といった。

「あんたは口先ばかりなんだから、でも、おいしいねえ。香りが違うよ。やっぱりお茶くらいは贅沢しないとね」

ヨシ江はゆっくりとお茶を含み、それからこくりと飲み込んだ。確かに姉の律子はおべんちゃらをいえないタイプだったが、映子は平気で口に出せた。

「何か変わったことなかった?」

ヨシ江が買ってきたどら焼きを二人でほおばりながら、映子はさりげなくいってみた。母と向かい合ってお茶を飲むこのひとときは、いつもと変わりなく穏やかな時間であった。だ

が、ヨシ江は、

「うん……、今年は田舎に帰れそうもないよ……」

としょんぼりとしたように、半分にしたどら焼きを見つめたままいった。

「横浜の叔母さんが入院したから？」

「そう、律子がね、わたし一人で行くのは危ないからって。一人だって大丈夫なんだけど、律子がそういうから」

ヨシ江は毎年梅雨のあけるころ、横浜に住む妹と一緒に新潟の実家に帰るのを楽しみにしていた。田舎には心待ちにしている友だちもいたし、兄夫婦や妹と心置きなくおしゃべりして、二、三日を気ままに過ごしてくるのが毎年の恒例で、唯一の楽しみでもあった。

娘の家で小さくなって生きているから、遠慮のいらない田舎ではのびのびとした気分になれるのだろう。帰郷する日取りが決まると、一週間前からそわそわと支度をはじめて、その日を待っているのがいつものことだった。だからその分、ヨシ江の落胆の大きさがわかった。律子は母の身体を思いやってそういったのであろうが、いつもの調子できついいい方をしたのかもしれなかった。

雪深い田舎での一人暮らしは無理だからと、五十歳で娘夫婦と同居してから二十四年、果たしてわたしのこの選択は正しかったのだろうかねえ、と時どきヨシ江はいっていた。

一人で、きりもなく降り続ける雪と格闘するのは不安だったが、それよりも、家族のなかでの孤独を感じるとき、田舎での暮らしを思う浮かべるのだろうか。義母にやさしい言葉をかけることをしない娘婿と、親の面倒を見てもらっているという負い目で優しい言葉をかけない娘の家庭のなかで感じる寂しさは、ときには一人で暮らす以上の辛さとなって、ヨシ江の心を痛ませている。ヨシ江は決して愚痴っぽい性格ではなかったが、会うとたまにポロッと心の内がこぼれることがあった。

「そんなに帰りたかったの？」

「そりゃあ、帰りたいさ、田舎はいいもの」

ヨシ江は一瞬ためらい、それから吐息のようにいった。

「じゃあ、わたしが温泉に連れて行ってあげようか」

その場の雰囲気から思わず口をついて出た言葉であった。

急須のお茶を注ごうとしていたヨシ江の手が、一瞬止まったように見えた。が、ヨシ江はそのまま黙って自分と映子の湯飲みにお茶を注いだ。そしてしばらく湯飲みを両手で撫でまわすように回していたが、

「行きたいねえ」

といった。

「よーし決まった。伊豆にする？　それとも房総？　どっちも魚がおいしいわよ」

映子はヨシ江の気持ちを引き立てるように、旅行プランをあれこれと話し出した。聞いているヨシ江の顔がだんだん明るく動き出した。

「広い温泉に入りたいわ。ゆっくりとね。それからおいしいお刺身も食べたいわねえ」

まだ半信半疑のようなヨシ江を見ながら、映子は仕事の都合に考えを巡らしていた。ヨシ江が新潟に帰るときはいつも二、三泊するのだが、映子にとって可能な休みはせいぜい一泊であった。


昼過ぎまで営業し、それから臨時休業の張り紙を張って家に帰ると、ヨシ江はすでに来て待っていた。

わずか三、四時間店を開けるのなら、いっそ連休にしてのんびりと出かけたらよさそうなものを、映子は定休日以外で店を休むことがなかなかできなかった。客が当てにしているということもあったが、本音は日銭を稼ぐ商売の気の小ささ、あるいはみみっちさといってもよかった。

「おや、早かったね。お店はどうだった？」

「片道の交通費くらいは稼いできたわよ」

映子は軽口を叩きながら、着替えはじめた。ヨシ江の持ち物は布製の手提げ袋。何が入っているのかパンパンに膨れている。

「何が入っているの。まるで引っ越しみたい」

映子は相変わらず軽口を叩いていた。母と二人だけの旅行ということが、映子の気分を高揚させてもいた。映子は白いブラウスに薄物のセーター。ヨシ江はベージュのブラウスに薄紫のカーディガン、それに薄紫の帽子をかぶっていた。

「その帽子、可愛いわね」

「あら、そう」

ヨシ江はまんざらでもなさそうに帽子に手をやった。それからせかせかと窓の鍵を確かめ、カーテンを引き始めた。

「まだ、早いわよ」

「ここにいてもしょうがないから、もう出ましょう」

部屋の真ん中に立ち、ヨシ江は隅々をぐるりと見まわし、もう一度戸締りを確認すると、さあ、と映子を促した。

東京駅に着いても、電車の発車時刻まで一時間もあった。時間つぶしのために構内の喫茶店に入ったが、落ち着かないヨシ江が出ようと促すので、結局ホームで待つことになった。

「ここで待つのが一番安心よ」

ヨシ江の顔がほころんできた。

ホームのベンチでぼんやりと行きかう人々を眺めていると、泊りがけの旅行など商売を始めてからはほとんど行っていないことに映子は改めて気づいた。

五月の連休明けの平日ということもあってか、車内はいくらか空席もあった。電車が動き出すと少し離れた席の四人組の初老の男性たちが、早々と缶ビールを飲み始めた。

ヨシ江と向かい合って窓外の景色の流れに目を遊ばせていると、ようやく映子にも日常から離れたという実感が湧いてきた。ヨシ江は膨らんだ手提げ袋をごそごそやって、なかから飴を取り出すと映子に一つくれ、自分も口に頬張った。

「横浜のチヨの病気はやっかいだねえ、……肝臓だから」

ときどき突き出すように動くヨシ江の皺の寄った口には、薄っすらと紅が引かれていた。

「手術して一ヵ月だから、もう少し入院していなければならないでしょうね」

映子は相槌を打った。

「あの子は痩せているから体力がないので心配だけど、悪いところを取ってしまえばよくなるよね」

弟を二年前に亡くしていた。もしや妹までもという不安が、ヨシ江を格別に心細くさせているようだった。

「大丈夫よ、叔母さんは痩せていても、いままで病気らしい病気をしたことがないじゃないの」

「そうねえ、あの子は我慢強いし、食べ物にも気をつけていたしね」

ヨシ江はひとしきり妹の話をした。

「そういえば、子どものころ、叔母さんから洋服とかお菓子を送ってもらったわね。都会の香りがして、うれしかったわ」

「とうちゃんが病気で家は貧しかったけど、あんたたちにみっともない恰好はさせなかったよ。ひがみ根性だけは持たせたくなかったからね。あのころ、妹にもずいぶん助けてもらったわ。覚えているかい。秋になると叔母さんに送るんだといって、あんたたちは山に栗拾いに行って栗を一杯拾ってきたでしょう」

「そうだったかしら。あんまり覚えがないなあ」

映子のちょっと挟んだ言葉から記憶が呼び起こされたのか、ヨシ江はよくしゃべった。それらはほとんど田舎での暮らしのことだった。感じたまま、考えたまま話すことに遠慮はいらない。まるで堰を切ったように、ヨシ江は話した。それらはいまの家族たちのことではなかった。度々聞かされていた話であり、依然聞いたことがあるようだがおぼろになってしまっていた昔々のエピソードだった。映子はときどき言葉を挟みながら、ヨシ江の話に耳を傾けた。

気がつくと電車は伊豆急行線に入っていた。降りるのは伊豆下田だから、下車駅を気にする必要がなかった。

熱海でだいぶ客が降りたため、車内はがらがらになった。右側は窓の近くまで山が迫り、左側は途切れ途切れに海が現れた。海が見えたかと思うとトンネルに入り、トンネルに入ったかと思うと、海が現れた。

「伊豆って本当にトンネルが多いね」

海を見る機会などめったにない映子は、窓ガラスに額をくっつけるようにして、たそがれかかった窓外を見ていたが、トンネルのあまりの多さにうんざりして窓から目を離した。

「伊豆は山が多いからね。歌にもあるでしょう、伊豆の山々　月あわくって……」

ヨシ江は座席にゆったり寄りかかり、足を前の座席に投げ出して、小声で口ずさんだ。

「ああ、知っているわよ、その歌」

「明かりにむせぶ　湯の煙り」

今度ははっきりと声に出して歌い出した。大きな声というのではないが、映子は慌てて車内を見まわした。客はまばらにしかいなくて、誰の注意も引かなかった。映子はヨシ江の歌うに任せた。そして時どき、うすら覚えの歌詞をヨシ江に合わせてそっと口ずさんだ。一曲歌い終わると、ヨシ江はすぐに次の歌を歌い出した。

「橇の鈴さえ寂しくひびく……」

「あら、それはおかあさんの十八番じゃないの」

歌の半ばまでくると興が乗ってきたらしく、ヨシ江はますます感情を入れて歌い出した。

子どものころ、祖父の家では盆だ祭りだといっては祖父の子ども、孫たちが集まって宴会をやった。子どもたちはいとこ同士で遊んだり、親のそばに坐って大人たちが酔って歌うのを聴いたりしていた。祖父も伯父叔母たちもみんな歌がうまかった。それぞれに持ち歌があって、ヨシ江の十八番は「国境の町」であった。ヨシ江の声は細く高く、そして情を込めて歌うから人気があった。歌のうまい母が映子は自慢だった。ほらねえさん、例の歌、そういわれるとヨシ江は少し気取って声を整え、歌い出すのであった。

「橇の鈴さえ寂し響く……ひびくう、あら声がうまく出ないわ。いやだねえ。このごろあんまり歌わないから声が出なくなってしまったわ。やっぱりしょっちゅう歌っていないとだめだねえ」

ヨシ江はかすれてしまった声に少し照れて、頰に手を添えた。

「はい、飴でもなめてもう一声」

映子は周りからの視線を感じないのをいいことに、ヨシ江をけしかけた。

「越後名物数々あれど……」

ヨシ江は飴をしゃぶり、エッエッと喉を調整すると、再び歌い出した。民謡だったり歌謡曲だったりと、よく知っていた。それらの歌はみな、ずっと昔母が歌っていたもので、映子もうろ覚えに覚えていた。映子は音痴で人前で歌ったこともないし、歌を覚えることもまれだった。ヨシ江の歌にところどころ合わせられるのは、子どものころに母が折につけ口ずさんだ歌ばかりだった。

「あのころは楽しかったわねえ」

一通り歌い終わると、ヨシ江は上気した満ち足りた顔をした。

あのころは、一番生活の苦しかった時期のはずであった。父が亡くなったとき、ヨシ江は四十三歳で、映子は小学六年、姉の律子は中学三年であった。その前から父は病弱で、ヨシ江は行商で生活を支えていた。

ヨシ江は駄菓子や乾物や干物など、主に食料品を仕入れて売り歩いていた。また、雪のまだ融けない春先の彼岸にはキンセンカやストックなどの花を、盆や祭りが近くなると塗り下駄など、そのときどきの状況に合わせて商品を仕入れてきて、商いをした。小柄なヨシ江の背中には大して荷物は背負えなかったが、それでも後ろから見たら頭が隠れるほどに荷を背負って、自分の住んでいる村よりもずっと奥の村に出かけて行った。山奥深く入れば入るほど、朝背負っていった荷はすぐに捌けた。代金のかわりに米と交換してくることもあった。

野菜をもらってくることもあった。村の人に頼まれた品物は何でも持っていった。自分は村人に待たれているという自信もあったのだろう。話し好きで活発なヨシ江の性格は、商いに向いていたにちがいない。

自分の才覚で精一杯生きていたそのころは、それなりに納得して前向きに暮らしていたのだろう。いまは食べることも着ることも住むことも心配のいらない生活だが、何の発言権も持たない家のなかで、食事が済んだらすぐに自分の部屋に戻るという暮らしであった。昔を美化しているのではなく、生きている実感がそのころにはあったということだろう。

伊豆下田駅で降り、旅館の迎えの車に揺られて着いたのは、落ち着いた雰囲気の和風旅館であった。山を背に海に向いて建っていた。ヨシ江は旅館の玄関で、しばらくその建物を眺めていた。そして、いいねえ、と映子に耳打ちした。案内してくれる部屋付きの女性に、お世話になります、と挨拶したり、廊下を歩いていても、いいわねえ、と連発した。

すでに海は夜の闇に溶けかかっていたが、うすぼんやりとした輝きがあった。波の音と潮風が開けた窓からやさしく入ってきた。

抹茶とお饅頭をテーブルに置くと女性が、ごゆっくり、といって下がった。

「いいところだこと」

ヨシ江は満足そうに抹茶をゆっくりと口に持っていった。一息つくと、洗面所や押し入れ、風呂場などをいちいち開けて点検した。それらが一通り済むと、出されてあった浴衣に着替えて二人で大浴場に行った。広いヒノキの浴槽で、ほかに客はいなかった。

「いつもならまだお店で働いている時間だわ」

映子は手足を伸ばし、湯に身体をゆっくりと遊ばせていた。贅沢な気分であった。

「いい湯だねえ。あぁあ、本当にいい湯だこと」

ヨシ江はゆるゆると湯船につかると、気持ちよさそうに立て続けにあくびをした。その声が誰もいない広々とした浴場の煙った靄のなかで丸みを帯びながら反響した。再び静まり返った湯気のなかで、二人は肩を並べて手足を伸ばした。

部屋に戻るとテーブルの上は片付けられていて、食事の用意が整えられていた。

「あら、お菓子がないわ。片づけられたのかしら。しまっておけばよかったねえ。寝る前に食べようと思っていたのに」

手をつけずにおいた饅頭が見当たらず、ヨシ江は残念そうな声を上げた。

「あるわよ。ここに」

映子は脇に片付けられていた茶道具のなかにそのままにしてあった饅頭をヨシ江に教えた。

「あら、ほんと。よかった」

テーブルの上には次々と料理が運ばれ、ヨシ江はうなずいたり感嘆の声をあげたりしていた。

「一、二、三、四、……十二品もあるわよ。すごいわねえ」

出てくる料理をいちいち指さして数えあげているヨシ江の素直な喜びように、映子は保護者のような気分になっていった。

「ほら、こっちも食べたら？　美味しい刺身を食べたかったんでしょ。これもどう？」

一人で気ままに生きてきた映子は、誰かにつくすとか献身するといった感情や行動とは無縁な暮らし方をしてきた。自分一人のことだけを考えていればよかった。何かをしてあげる、という喜びの機会がなかったのだ。相手が喜ぶその姿を見るだけで、自分の気持ちがこんなにしあわせに満たされることを知らずに過ごしてきた。ヨシ江の喜ぶ顔を見ているだけで映子はしあわせな気持ちであった。

ちょっと口をつけただけのビールで、かすかに赤らんだ顔のヨシ江は満足そうに箸を置いた。

「おいしかった？」

映子はもう一度さっきの気分を味わいたくて、いってみた。

「ああ、満足満足。でも食べきれないほどあるから、もったいないねえ」

しばらく休んでから、また浴場に行った。今度は先客がいた。

「おじゃまします」

ヨシ江は自分とさして違わない年ごろの先客に挨拶して湯船に入った。旅先の解放感からか、ヨシ江は先客にきさくに話しかけた。映子は彼女たちと少し離れたところで、湯につかったまま目を閉じていた。ヨシ江たちは、どこから来たのかとか、いい旅館だなどとあたりさわりのない会話をしていた。そのうち、先客が、

「お嬢さんと一緒の旅なんていいですね」

といった。するとヨシ江は、

「娘は商売をやっているから、いまだに一人なんですよ。でも、なまじ変な相手とだったら結婚などしない方がいいと思っているんですよ」

などと答えている。

「ご商売が順調なんでしょうね」

「おかげさまで」

湯気でかすんだ広い浴場での裸の会話は、その言葉の背後にどの程度の輪郭を持っているかなどとは無関係であった。明日からまた、娘は一日十時間以上働いて生活を支え、ヨシ江は家族との会話もろくにない暮らしが続くのだ。だが一場の会話は、ヨシ江がしあわせな気

分であることを減じさせはしない。先客にも彼女らの生活が待っている。そして、どのような暮らしをしていても旅の一夜のしあわせは、それはそれで紛れもない事実であった。

「ねえ、マッサージ頼もうよ、わたしがあんたの分を出してあげるから。電話で値段を聞いてみてよ」

部屋に帰り、すでに敷かれてある布団に横になると、ヨシ江は思いついたようにいった。

「一人、三千二百円ですって」

映子はフロントにかけた電話の受話器を手でふさぎながらヨシ江に訊いた。

「そのくらいならいいわ、じゃあ頼んで」

ヨシ江は起き上がって財布のなかを確かめた。

部屋に来たのは若い女性だった。先に私が揉んでもらった。次にやってもらっていたヨシ江は、

「そう、そこそこ、ああいい気持ち」

とうっとりとした口調でいちいち言葉に出していう。

「お嬢さんと一緒の旅なんて、しあわせですねえ」

マッサージ師が、風呂場での先客と同じようなことをいった。

「そうですねえ、ええ、ええ、ほんとに……ええ、ええ、しあわせですよ」

と時どき揉まれて声をつまらせながら応じている。

二人分揉み終わると、どうもありがとう、とヨシ江は料金を払った。マッサージ師はヨシ江から二人分の料金を受け取って千円札を数え終わると、白衣のポケットからお釣りを出してヨシ江に渡した。

「お世話様でした。これどうぞ」

ヨシ江は受け取った釣銭のなかから百円玉を一つ、マッサージ師に手渡した。

映子はチップを渡そうと考えたヨシ江にも驚いたが、その時代遅れの金額におかしさがこみあげてきた。マッサージ師が帰ったあと、

「せめて、お釣りを受け取らないくらいのことにしたらよかったのに」

と映子はいった。

「何いうの。気持ちでしょ。あんたは見栄っ張りだから」

思いのほか強い言葉が返ってきた。自分がお金を払ったのだという、自意識が丸出しになっていた。自分の才覚での物事なら、ヨシ江はまだ自己主張する気力は十分にあるのだった。

映子は母の内にある激しいものに触れたような気がし、まだまだ大丈夫だ、と脈絡もなく思った。

「もう十一時過ぎたから、寝ましょうか」

「あら、もうそんな時間」

そういってヨシ江は大きなあくびをした。

いつも八時ごろ布団に入るヨシ江には、遅い時間であった。常夜灯だけになった部屋に、波の音がゆったりと聞こえてくる。

「波の音がいいねえ」

眠ったと思っていたヨシ江が、寝返りを打ちながら話しかけてきた。

「店の方はどう?」

「別にどうってことはないけど、来年は改装しようかなって考えているわ」

「景気が悪いの?」

「そうじゃないけど、ただ、店の雰囲気がマンネリ化してきたからね。それにお客さんもだいぶ入れ替わってきているしね」

母と枕を並べて寝るのは、どのくらい前になるのだろうか。薄暗がりのなかで、会話の途切れ途切れに波の音を入れながら、こうしてぼそぼそ話していると、あらゆる苦労は後景に退いてしまうような気がする。

「お金、だいぶかかるのでしょう」

しばらく黙っていたヨシ江が、再び心配そうに話しかけてきた。

「まあね、でも半分は借入するから大丈夫よ」

「お金、少し出そうか。律子には内緒だよ。百万円くらいなら出せるよ。わたしの貯金は三百万くらいあるよ。葬式代だけ残しておけばいいのだから」

考えもしなかったヨシ江の言葉に、映子は胸を衝かれた。

「大丈夫よ、心配しなくっても。おかあさんの方はどうなのよ」

「わたし？　わたしねえ……。いえばきりがないしね。律子も良治さんとわたしの間に入って大変だろうしね。ま、しょうがないさ」

「悪いね、何もできなくて」

「仕方ないよ。あんたはあんたでしっかりとしていてくれれば、いいからさ」

「ねえ、明日はどこか見たいところはあるかしら」

映子は寝返りを打つ振りをして話題を変えた。映子の話にしばらく相槌を打っていたヨシ江は、枕を直して向きを変えるとすぐに寝息を立てはじめた。


昨日の電車とは打って変わって、行楽帰りらしい客で車内は混んでいた。日曜でも祝日でもないこんな日に動きまわっているたくさんの人たちは、いったいどんな暮らしをしているのだろうか、と映子はヨシ江の荷物を網棚に載せながら周りを見回した。はしゃぐ子どもをなだめている若い夫婦連れや、目を閉じたままの老夫婦、宴会帰りらしい疲れ気味の中年男性たちなど、精神の休養のあとの満ち足りた疲労のなかにいるように見えた。日常に戻る前の長閑さであった。ヨシ江の顔にも同じ色が見えていた。

「おみやげ、誰に買ったの？」

朝、風呂に入っているときからヨシ江はおみやげの心配していた。田舎から出てきて二十数年たっていたが、一緒に食事をしたり芝居を観たりして気晴らしする相手を、いまの暮らしのなかにヨシ江は持っていなかった。都会の人とは友だちになれない、というのがヨシ江の口癖だった。そんなヨシ江は誰におみやげを買っていくというのだろう。

「家の分と整骨院の先生でしょう、それに整骨院で毎日会うおばあちゃん。あんたは？」

「わたしはお店の常連さんたちの分だけ」

老人会にも、公民館主催のいろいろなサークルにも参加したがらないヨシ江にとっては、毎日通う整骨院が唯一の社交場なのだ。

整骨院の診療室の光景を映子は思い浮かべた。施術者は足をマッサージしながら、患者の話に丁寧に耳を傾けてくれ、ときには冗談をいったりするだろう。毎日行くことで顔見知りになったおばあちゃんと、並んで足に電気を当ててもらいながら、自分たちの人生の苦労話を打ち明けて共感しあったりするのだろう。そんなヨシ江の姿が目に浮かぶ。

電車は山あいを抜け、平野部を走っていた。昼下がりの適度の電車の振動で、映子はうつらうつらしていた。

「疲れたでしょう」

電車が駅に止まり、乗降客のざわめきで目を覚ました映子に、ヨシ江は話しかけてきた。

「そんなことないわよ。もう熱海を過ぎたのね。東京まであと一時間ちょっと。楽しかった?」

「本当にいい旅だった。温泉に何度も入ったから、膝の痛いのが治ったみたい。階段を上がったりしても何ともないもの。お金もいろいろ使わせてしまったわね。どうもありがとう」

親に向かってサンキュウと軽くいうことはあっても、正面切ってありがとう、などと映子はいったことがなかった。親に真顔でそういわれて、映子は照れて再び目をつむった。

考えてみると、ヨシ江が後家になった年齢にいま自分が達しているのだ。子どもに食べさせる明日の米のためにと働いてきたヨシ江は、その絶対的目的のなかであれこれ考える余裕などなく生きてきたはずだ。だが、映子が働き続けてきた十数年は、ヨシ江のような迫力で生きてきていない。親を見なくてはならないという義務感もなく、同じ血族の関わりのなかで責任ある立場に立つ必要もない。独身だからという理由だけで、それら煩雑な付き合いのすべてを姉に押しつけて生きてきた。親孝行すら何一つしてきていなかった。

正月以外は休むこともなく働いて、自分の生活を確固としたものにしようと懸命だったのは、不安定な日銭を稼ぐ商売であったし、だれにも頼れない一人暮らしの老後のためでもあった。だが、懸命に追いかけ続けるその行きつく先には、いったい何があるというのだろう。会社員のときから抱いた夢に向かって綿密に計画し、自分の城を見つけた高揚感は十数年たつと、いつしか金を稼ぐことに重点が置かれていたような気がする。

わずかな時間を母とじっくりかかわってきた小さな旅で、映子は改めて自分の生き方を考えるきっかけになったと感じた。

近所のインテリア用品を売っている店の奥さんは、知り合いに化粧品を売るアルバイトをしている。不動産屋の奥さんは電話番の合間に、洗剤などを口コミで売っている。忙しい忙しいとこぼしながら働いて得た二、三万の収入は、洋服やアクセサリーやグルメにと費やされる。家計が苦しいためとはいい切れないその生活のあり様を見ていると、豊かな暮らしとはどういう暮らしだろうか、と思う。映子とて、それらの女性と変わらない暮らし方であった。がむしゃらに働いてきた結果、贅沢さえしなければ目先の欲望を満たすことはできるようになった。だが一方で、何か足りない、どこかむなしいと感じる不足感が、映子を落ち着かなくさせることもあった。

この漠然とした感情は、忙しく過ごした一日の売り上げを計算するときや、寝る前にゆっくりと入る風呂のなかで起こってくるのだった。一人で暮らす映子には、どんなにしても守らなければならないという生活の核がなかった。それが映子を、精神的なその日暮らしの虚しさとして落ち着かなくさせているのだろうか。生きるために金を稼いだヨシ江のようには生きるための目的を持ってはいなかった。

「おかげでジュンノビできたよ」

「ジュンノビって、なあに」

「長生きできたってこと」

ヨシ江はゆっくりとその言葉を使った。あまりにも長生きするものではないねえ、とつぶやくこともあるヨシ江であった。長生きできたと喜べる一日を一緒に過ごせた。映子にしあわせ感がじわっと染み出てきた。

わずか一日半の温泉旅行で、ヨシ江が映子のそばで語り続けた話は、ゆりかごのなかで聞く子守唄のように映子の心の奥に残響していた。すでに何の力もなく、いたわってあげなければならない存在としてあった母は、いまはその存在のままでよかった。

「もうそろそろ東京よ、荷物を下ろして準備しましょう」

ヨシ江はもうそわそわとし始めた。電車はまだ横浜を過ぎたばかりだった。

五分咲きの桜

布団のなかでうつらうつらしていたヨシ江は、声高な話し声で目を覚ました。煌々とした明かりが目を刺した。テレビも電燈もつけっぱなしにしていたのだった。昨夜も同じことをしていて、娘の律子に小言をいわれたばかりだった。

ヨシ江は枕元のリモコンを手繰り寄せ、テレビのスイッチを切った。声高な声は居間からだった。便所に行きながら様子を見ようと、ヨシ江は布団から起き上がった。

ヨシ江の部屋は五年ほど前に建て増しした離れの六畳間で、居間と短い廊下でつながっていた。

「おれは出ていくぞー」

廊下に出るといきなり、娘婿の良治の酔っぱらっていきり立つ声がした。ヨシ江はその場にくぎ付けになった。

「おとうさん、いったいどうしたっていうのよ！」

「おれを馬鹿にして！　おれだって行くところくらいはある！」

「酔っているんでしょ。誰かに何かをいわれたの？」

「おれは出ていく。高橋の婿だなんていわれて黙っていられるか！　おれは山上だ！　高橋の婿などではない！」

壁際に立って聞いていたヨシ江の耳に、高橋という名前が飛び込んできた。騒動の原因が自分らしいと思ったとたん、心臓がバクバクしてきた。寝巻の胸元を掻き合わせて、その場にしゃがみこんでしまった。

「ここはおとうさんの家でしょ！　山上でしょ！　誰もおとうさんが婿だなんて思っちゃいないわよ！」

「うるさい！」

「おとうさん、どこに行くのよ！　憲太！　ちょっと憲太、早く来てー」

律子の甲高い声がした。

「おやじ、なにグダグダいってんだよ。夜中だというのに」

ガラス戸が開く音と同時に、孫の憲太の声がした。憲太は風呂に入っていたらしい。

「お前は関係ない。おれは山上良治だ。おれは高橋じゃない！　おれは出ていく。この家だっておれが建てたんだ。おれがみんなを食わせているんだ！　おれは婿じゃない！」

「誰もそんなこと思ってなんかいないじゃないか。どいつがおやじにそんなことといったんだ。そいつの名前をいえよ。おれがそいつをぶん殴ってやる、家を、名前をいえよ！」

「うるさい！」

「おとうさん、誰もおとうさんを馬鹿になんかしていないでしょ！」

律子の泣き声が、憲太と良治の怒鳴りあう声の間から聞こえる。

ヨシ江はこっそりと居間を覗いた。

出て行こうとドアに手をかけた良治の手を、憲太が引きはがそうとしていた。そばで律子がおろおろしていた。憲太の力が勝った。良治は急に力が萎えたように、肩で息をしながら椅子に腰を下ろした。憲太の腰に巻いたバスタオルがはらりと落ちた。

ヨシ江は自分の部屋に戻り、布団に入って天井を見つめた。

自分が何をしたというのだろうか。ヨシ江は今日一日の言動を思い起こしていた。

良治と口をきいたのは律子がお使いに行って留守のとき、「おとうさん、お茶ここに置きますよ」といって、工場にいる良治に湯飲みを持って行ったときだけだった。良治は無言であったが、返事をしないのはいまに始まったことではないから、気にしなかった。

夕ご飯のとき、食べていたイカの刺身が嚙み切れなくて自分の皿に出したとき、良治が汚いものを見るように、チッと舌打ちしたが、まさかそれが夜まで尾を引いてはいないだろう。

それにしても、高橋の婿じゃないと喚いたのはどういうことだろう。ヨシ江にはこれといって思い当たることはなかった。

しばらくすると、二階に上がっていく足音がした。間を置かずまた足音がした。律子が良治を追って部屋に行ったのだろう。ヨシ江は布団のなかで耳をそばだてじっとしていた。

今度は階段を降りる音がして、襖が開いた。

「おばあちゃん、外であんまり家のなかのことをしゃべらないでよね」

律子がヨシ江の部屋に顔だけ出してそれだけいうと、また襖を閉めて二階に上がっていった。いきなりいわれて、ヨシ江は事情が飲み込めなかった。

ヨシ江はもう一度布団から起き上がった。

居間では、パジャマに着替えた憲太が一人でテレビを観ていた。ヨシ江は憲太の前に坐った。

「けんちゃん、おとうさんに何かあったのかい？」

「外で酒を飲んでいて、誰かに何かいわれたんじゃないの」

「……おとうさんはそんなにわたしが憎いのかねえ」

「そんなことないよ。おやじ、だいぶ酔っていたんだよ」

憲太はテレビから目を離さずにいった。

「憲太、お前は心の広い人になってね……」

ヨシ江はしんみりといった。いってから、急に喉元に熱いものがこみ上げて来た。
「ばあちゃん、もう遅いから寝たら……、明日になればなんでもないから」
「そうだね、お前も休んだ方がいいよ」
ヨシ江は自分の部屋に戻った。布団に入り、蛍光灯のひもを引っ張り、明かりを消した。眼を閉じてしばらくすると、胸が苦しくなってきた。血圧が上がってきたのかもしれない。ヨシ江は口のなかで、南無妙法蓮華経、南無妙法蓮華経と唱えたが、息苦しさは収まらなかった。

豆電球をつけ、ゆっくり起き上がると部屋の仏壇の前に坐り、数珠を手に小声で再び、南無妙法蓮華経、南無妙法蓮華経と繰り返し唱えた。一心不乱に唱えているうちに、少しは落ち着いてきた。

豆電球はつけたまま、布団に横になった。胸の苦しさはなくなったが、眼が冴えてなかなか寝付かれなかった。「おれは高橋の婿じゃない」と怒鳴った良治の声が、頭のなかに鳴り響いていた。頭を振っても耳を塞いでも、頭皮の内側に張り付いているようにその声は消えなかった。

ヨシ江に何の説明もしないで、いきなり余計なことはしゃべるな、と捨て台詞のようにいった律子の言葉がさらにヨシ江の胸をつぶしていた。

ヨシ江は布団のなかで寝返りを打った。

ヨシ江が律子たちと同居したのは、初孫の百合が生まれたときだから、かれこれ二十六年になる。その三年後に憲太が生まれた。律子夫婦は和菓子屋の商売に忙しく、百合と憲太もほとんどヨシ江が手塩にかけて育てたようなものだ。孫は可愛かった。娘夫婦も円満で、ヨシ江にやさしくしてくれた。

住み慣れた新潟の家を畳み娘夫婦と同居することに一抹の不安がなかったわけではなかったが、それは取り越し苦労だった。温かく迎えられた娘夫婦の家で、ヨシ江は家族の手助けができるうちに同居して本当に良かった、と思ったものだった。

良治との間がぎくしゃくし始めたのはいつのころからだろう。

隣の奥さんが、ちょっとちょっと、とあたりをはばかるように手招きして、

「おばあちゃん、田舎から出てくるのはもっと遅い方がよかったわねえ、うちのバアサンは早く出て来すぎたって良治さんがいっていたわよ」

と耳打ちされたのは、上京して五、六年たったころのような気がする。

またある日、店先で子守をしていたとき、

「おばあちゃんは働き者の婿さんを持って幸せ者ね」

と近所の人に声をかけられたことがあった。それが店内で仕事をしていた良治にも聞こえ

たのか、

「おれは養子になったわけじゃないぞ」

と硬い目つきで良治にいわれたことがあったが、あのころからだろうか。

同居したてのころ、良治はヨシ江に金の指輪を買ってくれたこともあった。指輪を買ってもらったことなど自分の人生で初めてのことだった。商売が順調で、休みの日にはみんなで外食をよくしたものだった。良治は、これも食べろ、あれも食べろ、とどんどん皿に取ってくれたこともあった。

婿だとか養子だなどと考えたことすらなかったヨシ江は、おれは養子になったわけじゃない、と歯の間から押し出すようないわれ方をされたとき、何が何だかわからなかった。だがヨシ江にとってあのときの良治の憎々しそうな物言いは忘れられなかった。それはまだ小さいものだったが、しこりとなってしまっていたかもしれない。良治の方もあのとき以来、心の底にわだかまりが残ってしまっていたのだろうか。どれもこれも小さいことかもしれなかった。けれどもヨシ江の心の底には、良治さんはわたしを嫌っているのだ、との思いが、娘にも話せないまま少しずつ沈殿していった。

だんだんとその違和が違和として残り、良治からヨシ江に話しかけてくることがなくなっていたし、ヨシ江も必要なこと以外は自分から話しかけなくなっていた。律子にしても良治への遠慮からか、ヨシ江に優しい言葉をかけることが少なくなっていた。

その時どきの切ない気持ちを騙し騙しここまで来たが、ヨシ江は自分の五十歳からの二十六年はいったい何だったのだろう、と思った。

四十三歳で夫を亡くしてからは、二人の娘を女手一つで育て上げた田舎での暮らしが思い出された。

一日いっぱい行商して歩いて、持って行った品物が捌けて軽くなった背負い籠を背負って帰るときの充実感が蘇った。ヨシ江が商いに来てくれることを心待ちにしている農家のおばあさんは、菜っ葉や大根を畑から抜いて持たせてくれた。昼食休みをする家も何軒か決まっていて、ヨシ江が弁当を広げれば、漬物やみそ汁、お茶を出してくれた。話し好きでさばさばした性格のヨシ江にとって、行商は楽しいことの方が多かった。一日の仕事が終ったあとは、青々とした稲田を前にした縁側で夕涼みしながら、近所の友だちと茶飲み話に花が咲いた。

田舎の人たちの優しさが胸いっぱいに広がって、横になって寝ているヨシ江の目からは涙が流れ出た。ヨシ江は手のひらでそれを拭った。

なんでこんなに遠慮して生きなければならないのか。家事だって手伝っているし、店番もやっている。自分の身の回りのことだって、迷惑をかけていないつもりだった。

直接の原因はヨシ江にはわからなかったが、やりきれなかった。情けなかった。悔しかった。ぐつぐつと感情が昂ってきた。呼吸がまた荒くなってきた。ヨシ江は豆電球の明かりの薄暗い天井を見つめた。

もうあとどんなに生きたって十年かそこいらだろう。この先、いままでの二十六年間と同じように我慢をして暮らし続けていかねばならないのか、という思いが頭をかすめた。すると、いいたいこともいわず、周りの思惑を気にし、余計者だという負い目のなかで生きるのはもう嫌だ、という思いが胸の底から湧いてきた。

ヨシ江は起き上がって明かりをつけた。時計は午前三時を回ったところだった。

押し入れからボストンバッグを引っ張り出した。箪笥から着替えの下着と洋服を一、二枚取り出した。貯金通帳をカバンの底にしまった。眼鏡と血圧の薬も入れた。持ちあげてみた。さほど重くない。ヨシ江は枕元にカバンを置いて、また布団に入った。明かりを消して目をつぶったが、やはり眠れなかった。夜の長さがつらかった。

うとうとしたのだろうか。乾いた咳の音が聞こえ、階段を降りてくる音がした。良治が起きたらしい。和菓子屋の朝は早い。ヨシ江は明かりをつけ時計を見た。五時半近くだった。少しは眠ったようだ。ゆっくりとヨシ江は起き上がった。一晩中まんじりともしなかった頭が重かった。トイレに行ったついでに仏壇の水を取り替えた。着替えて仏壇の前に坐り、いつもよりゆっくりとお経をあげた。部屋のなかもきれいに整頓した。

台所に行った。台所とガラス戸で仕切られている工場で、良治と律子が仕事をしていた。ボイラーの音がして、もう湯気が上がっていた。向かい合って黙々と饅頭の餡詰めをしている二人の姿は、いつもと変りがなかった。

ヨシ江はいつもの通り、朝ごはんの支度にかかった。味噌汁を作り、裏の物置に置いてある樽から白菜の漬物を取り出し、あとは夕べの残り物や味付け海苔を出しただけの簡単なものだった。

憲太がバタバタと二階から降りて来て、食卓に着いた。かき込むようにご飯を食べ終え、行ってきます、の一声で出て行った。いつもと変わらない光景だ。

誰の顔にも昨夜の騒動の跡は見られない。ヨシ江の顔も、幾分腫れぼったいかもしれないが、いつもとさして変わってはいないだろう。

自分の食べ終わった食器を洗うと、洗濯機を回した。これもヨシ江のいつもの役目だ。

朝の仕事が一段落した良治と律子が、朝食のために居間に来たので、ヨシ江はそっと自分の部屋に戻った。

今朝も昨日と表向きは変わりのない朝が、何事もなかったように、それぞれの役割分担通りに過ぎていった。

食休みしたあと、律子夫婦は再び工場へと出ていった音が聞こえた。ヨシ江は、荷造りしてあったボストンバッグを自分の部屋の窓からそっと出した。何食わぬ顔で外に出ると、窓から落としたボストンバッグを拾い、裏口からそのまま駅に向かった。家からも娘夫婦からも、これまでの自分からもただ遠ざかりたかった。

R駅の自動券売機を前に、ヨシ江は運賃表を見上げた。布団のなかで家を出ようと考えたときは、新潟の兄のところへ行くつもりであった。田舎の景色や人情に慰められそうな気がしたからであった。新潟ではまだ、家の軒下や木々の根元に灰色の汚れた雪がたくさん残っているだろう。堀ごたつのなかには赤々とした煉が熱を発して冷たくなった足を温めてくれているだろう。秋に漬けた野沢菜が色の変わった古漬けとなって、どこの家でも煮菜《にいな》が食卓にのぼっているだろう。ヨシ江の脳裏には、次々と懐かしい故郷のあれこれが浮かんできた。だが駅に来て運賃表を見上げたとき、生まれた故郷はあまりにも遠すぎると思えた。連絡もなしに思いつきで行けるところではなかった。やはり横浜の妹の所にしようと思い直した。横浜ならR駅から乗り換えなしの快速で一時間で行けた。

ヨシ江は横浜までの料金ボタンを押した。釣銭がじゃらじゃら落ちて来た。思わず後ろを振り返ったが、追いかけて来る者などいるはずもなかった。

駅の階段を手すりにつかまりながら上って行った。通勤通学の時間帯を少し過ぎた電車は空いていて、ヨシ江は席に坐ることができた。電車が走りだしたとき、一瞬胸が締め付けられたが気にしないことにした。

家を出るときは、律子にも良治にも見つからないようにと、そればかりだった。駅までの道のりは、知った顔に合わないようにと、そればかりだった。

電車の揺れに身体をあずけ眼を閉じていると、初めて行先も何もいわずに家を空けたという事実がヨシ江に迫った。

いまごろはヨシ江の姿が見えない、と律子が気づいているころだろう。夫にわからないように、ヨシ江の部屋の押し入れやタンスを調べて、一人で気をもんでいるかもしれない。まさか家出したとは思っていないだろう。それでも、昨夜のごたごたの後だから、律子が動揺するだろうことは想像できた。そのことを思うと、やはり心に痛みを感じないわけではなかった。

ざわめきで、ヨシ江は薄目を開けた。坐っていた四人掛けの席に、中年の女三人が坐り込んできた。昨夜ろくに眠っていなかったせいでうとうとしたらしい。

律子と似た年ごろの女たちは、坐るとすぐに話し始めた。ヨシ江はまた眼を閉じた。

「いつも姑の目のなかで生活しているから、たまには出かけないと息が詰まりそうよ」

「嫁に来て二十年たっても、いちいちお伺いを立てなければ何もできないのよ」

「年寄りは自分勝手よね。でも腹が立っても喧嘩するわけにもいかないしねえ」

そういって女たちは笑い声をあげた。

そんなに年寄りが邪魔なのか、わずらわしいのか、よくもそんな勝手なことがいえるものだ、とヨシ江は身体を窓際に摺り寄せ、窓外の景色の流れに目をやりながら思った。女たちは彼女らの舅や姑を話題にし、笑いあっていた。ヨシ江は自分が笑われているような気持ちになった。

横浜駅から妹のチヨに電話すると、不意の来訪に驚いた妹が、夫と一緒に車で迎えに来た。事前の連絡もなしに妹の家に来るようなことは、これまでしたことがなかった。

「いったいどうしたの？　お店が休みでもないのに」

かねがねヨシ江から良治との間がうまくいっていないことを聞かされていたチヨは、後ろ座席にヨシ江と並ぶとすぐに心配そうにいった。

「いや、ちょっとね……、出て来たのよ」

「出て来たって？」

チヨはすぐに察して言葉を飲んだ。

ヨシ江は自分が起こした波紋の大きさを考えた。けれども止むに止まれぬ気持ち、どうしようもなく膨れ上がった胸の内のほうが、周囲の反応を気遣う気持ちより大きかった。ヨシ

江と同年齢のチヨの夫の甚吾が、

「まあまあ、義姉さんだっていろいろ事情があったのだろうから、家についてからゆっくり話を聞くことにして」

と気詰まりな場を取り繕うようにいった。

「すみませんね、迷惑かけて」

ヨシ江は坐っている後部座席から、運転席の義弟に深々と頭を下げた。

「いい陽気になったわねえ。桜も五分咲きよ」

チヨが車外に目をやり、当たり障りのない話をした。開けた窓から入ってくる風はすがすがしかった。

ヨシ江が妹の家の応接間に落ち着くと、義弟は気を利かして、用事があるといって出ていった。チヨがお茶とお菓子の支度をして、ヨシ江と向き合った。

「律ちゃんにも誰にもいわずに出て来たの？」

「そう、誰にもいわずに。ほとほと嫌になったんだよ。いろいろ考えて一晩中まんじりともしなかった。……夕べね、良治さんが、酔っ払って帰って来て、おれは高橋の婿じゃないって暴れたのよ。それはすごい剣幕だったわ。憲太が押さえてようやく収まったくらいだから。律子も律子だよ。親を何と思っているのだろう……。年がら年中肩身狭く、小さくなっているのはこっちなのに、と思ったら情けなくなってねえ、この歳になってこんな思いしなくちゃならないなんて……」

話しているうちに昨夜の悔しさが蘇ってきて、ヨシ江は声を詰まらせた。

「前からいろいろあったからねえ……」

何もいわずに同調してくれた妹のしんみりとした声で、泣くまいと思っていたヨシ江は不覚にも涙をこぼした。

「本当に色んなことがあった……。でもここしか居るところがないと思うから我慢してきた。もし何かいえば娘が困るだけだからね。二十六年間も一緒に暮らしているのに、なんでいまさら高橋家の婿じゃないとか、おれが家を出る、なんていわれなくちゃならないんだろう。わたしが邪魔なんだよ。あんなところへ帰りたくないよ……」

ヨシ江は胸につかえていたものを一気に吐き出したら涙が止まらなくなった。嗚咽とともに、わたしが邪魔なんだよ、と繰り返し繰り返し吐き出した。

「……本当にこのまま帰らないの？」

ヨシ江が一通り話して落ち着くのを見計らってから、チヨがヨシ江の気持ちを確かめるようにいった。ヨシ江は黙ってうなずいた。

「律ちゃんが心配しているだろうから、おばあちゃんはここに来ているってだけ、電話しておくね」

チヨがソファから立ち上がって応接間の隅にある電話の受話器を取った。

「律ちゃん、わたしよ、……そうなの、おばあちゃんがうちに来ているのよ」

ヨシ江はソファに坐ったまま、じっと身体を固くして、律子がどんなことをいっているのかを全身で探ろうとした。律子は怒っているだろうか、おろおろしているのだろうか。

「おばあちゃんからいま話を聞いたところなの。……そう、あなたも大変だったわねえ……わかったわ、それじゃあまた……」

チヨはしばらく律子の話を聞いていて、受話器を置いた。

「良治さんには、おばあちゃんは横浜のおばさんの家に行ったとだけいってあるって」

「隠すことなんかないのに、家を出て来たってわかった方がかえっていいのに……」

ヨシ江はぼそぼそといった。

「事を荒立てると帰りづらくなるのだから、早く帰って来るようにって、間に立っているわたしはどうしたらいいのって、律ちゃん、電話口で泣いていたわよ」

チヨはヨシ江にお茶を注ぎながらいった。

「ま、これからどうするかを考えなければならないけど、そろそろお昼だから、おそばにする？　お寿司にする？　出前を取るからね」

気持ちを切り替えるようにチヨがいった。

ヨシ江が家を出て来たのは九時ごろだった。まだ三時間しかたっていなかった。二十六年間住んだあの家からずいぶん遠くまで来たような気がした。

空腹を感じなかったヨシ江だったが、熱いそばを啜っているうちにいつしか人心地がついてきた。きれいにそばを平らげた。

「家に帰らないで、これからどうしようと思っているの」

チヨがそばのどんぶりを脇にのけてから聞いた。

ヨシ江は具体的なことは何も考えていなかった。とにかくあの家から出たかった。

「うちも夫婦二人だから、ここにいても構わないのよ。でも、一ヵ月や二ヵ月ならどうってことないけど、ずっととなるとやっぱりねえさんが気を遣うようになると思うのよ……」

「あんたの所に居られるわけがないね」

「映子ちゃんの所はどう？」

一人暮らしをしている映子は、ヨシ江の二番目の娘だった。

「映子の所はだめだよ、部屋がないし、律子の家と目と鼻の先だから律子に悪いわ」

「そうねえ。寝るだけに帰って来るようなマンション暮らしの映子ちゃんの所じゃ、一日中誰とも話をしないようになるしね。おねえさんも退屈でぼけちゃうかもしれないわね」

「……田舎に行こうかと……」

「田舎の兄さんの所？　でも一緒に暮らすというわけにはいかないでしょう。少しの間ならいいだろうけど、あの義姉さんだからねえ」

チヨがあれこれと例をあげるのだが、どれもこれも実行に移せそうもなかった。

「田舎の家を処分してまで、出て来ることはなかった……、一人でずっといればよかった」

七十六歳になって新しくやり直す場所など、どこにもないのかもしれない。収入だって律子と映子からの小遣いと、年金がほんの僅かに入るだけだった。ヨシ江はため息をついた。

「わたしだけでは力になれないから、弟を呼ぶわよ。いいでしょ」

チヨが電話をかけに立ち上がった。弟の健二はヨシ江たちきょうだいの一番下で、チヨの家から車で三十分のところに住んでいた。健二は定年後地域の世話役をやりながら自分の好きなことをしていた。

チヨの電話で健二はすぐにやって来た。チヨがヨシ江の話したことをかいつまんで話した。ヨシ江とチヨは日常の些細なことまで電話で話をしているのだが、男きょうだいとは用事のあるときくらいしか電話していなかった。

「ねえさんがそんなに苦労していたなんて知らなかったよ。ねえさんはきょうだいの集まりでも愚痴なんていったことがなかったからね。つらかったねえ」

健二の最後の一言でヨシ江はまた涙が出てきた。それでも自分のつらい立場をわかってもらえただけで、気持ちが柔らかくなった。だいぶ気持ちの整理もできた。

「今日は陽気もいいし、どうだい、桜も咲いてきたからちょっとそこらあたりまでドライブしないか、家で考え込んでいたっていい考えが出ないから」

健二が気を引き立てるように誘った。

「そうねえ、じゃあ栗山公園にでも行きましょうよ。あそこなら桜もたっぷりあるし静かだから、ね」

ヨシ江はあまり気乗りしなかった。桜など眺める気分ではなかった。

「ねえさん、行ってみよう。さ、行こう行こう」

健二がヨシ江の肩を抱くようにして立ち上がらせようとした。

「そうね、桜を見たら少しは気が晴れるかしら」

椅子から立ち上がりながら、結局は帰るしかない、とヨシ江は思っていた。


栗山公園はさして大きくない。公園を縁取るように桜が植わっていた。その木の下に適当な間隔で置いてあるベンチに、のんびりと憩っている老夫婦がいた。三人の幼児が何もない広場を駆け回っていた。子どもの母親たちが幼児たちに目をやりながら、ベンチでくつろいでいた。

ヨシ江たちは大きな桜の木陰のベンチに腰を下ろした。ヨシ江を真ん中にして、三人でしばらく黙って広場を眺めていた。陽ざしも風も柔らかく、このまま居眠りしてしまいそうな陽気だった。

「姉弟で花見をするなんて、一度もなかったねえ」

健二がベンチに寄りかかり、タバコの煙を吐き出しながらいった。

「ほんとうね。こんなふうに姉弟でくつろぐ時間をいままで作れなかったってことかしら」

甲高い叫び声を上げて走り回っている幼児たちに目を遊ばせながら、チヨも顔をほころばせていった。駆けっこしている子どもの一人が転んで泣き出した。男の児と女の児がそばに寄って泣いている児の顔を覗き込んでいる。母親たちは立ち上がる気配もない。

「あのくらいの子どもを育てているころが一番いいのかもしれないね」

とヨシ江がいった。

「ねえさんは、よく頑張ってきたよ。確か四十三歳だったよね」

「そう、おとうさんが亡くなったのは律子が中学三年、映子が小学六年のときだったから、大変だった。明日の米の心配をしなくちゃならなかったから、迷ったり考え込んだりなどしていられなかった。わたしができることといったら行商しかなかったけど、わたしの性に合っていたんだね。何とか子どもを学校にやることができたわ」

「ねえさんはえらいよ、それからずっと一人で子どもを育てて来たんだから。あのころはみんな貧乏だったから苦労はなおさらだったと思うよ」

「律子が東京に出て来て結婚したでしょ、映子も学校を卒業して上京した。自分のそばに置こうなんて考えもしなかったわ。土地があるじゃなし、財産があるじゃなし、一年間くらいだったかねえ、田舎で一人暮らしをしていたのは。いまから考えればそのころは気楽な生活だった……」

ヨシ江は目の前の広場にそのまま二十数年前の情景を思い描いていた。そして、

「……あの生活を捨てるのじゃなかった」

と我に返ったようにいった。

「律ちゃんが出産するから急に同居することになったんだろう。俺はあのときまだ早すぎるからもっとよく考えて決めた方がいいっていったんだよ、だけど、必要とされるうちに一緒になった方が、あとあと家庭内がうまくいくからと、ねえさんはあっさり決めた」

「そうだったねえ。律子は長女だという意識があったから、同居するには一番のタイミングだと思ったのよ。あたしはあのとき五十だった。五十歳なんてまだ十分ひとりで暮らしていけたんだよねえ」

「動けなくなってからじゃあ迷惑かけるだけになる、働けるうちに一緒になった方が負担をかけなくて済むだろうからって考えたおねえさんの気持ちはよくわかるわよ」

「でも、親のそんな気持ち、感謝されるどころか迷惑がられている。子どもなんて、一生懸命育てたからってなんにもなりはしない……」

「親なんて、みんなそんなものだよ」

「わたしたちの子どものころは、一生懸命働いて家に仕送りしたものねえ、親は絶対で逆らえなかった。いつごろから親を大事にしなくなったのかねえ」

「律ちゃんは大事に思っているわよ。ただ良治さんとの間に立って、気を遣っているのよ」

「なんで、そんなに気を遣うのか、夫婦なのに」

それまで遠くを見ながら話していたヨシ江は、自分の膝の上に目を落としてつぶやいた。

ベンチに寄りかかっていた健二が、タバコをもみ消し足を組み直した。

「俺は女房の実家の隣に家を建ててもらったから、逆に女房の方が俺に負い目を感じさせないようにと、気を遣っていたようだ。実質、婿みたいなものだったけど、俺は勤めに出ていて家にいなかったからなあ」

「実家が裕福なら、夫に負い目を感じさせないようにと、逆なら親の面倒を見てもらっていると、どっちにしても女の方が気を遣うのねえ」

そういって、チヨが溜息をついた。

「わたしたちの世代は苦労するだけなんだろうかねえ。若いころは戦争でひどい目にあって、子どもを育てるころは食うや食わずで、歳を取ったら今度は余計者扱いなんだから、まったく間尺に合わないねえ」

とヨシ江は自分にいい聞かせるようにいった。そして、

「わたしはやっぱり帰るよ」

と出し抜けにいった。

「そうねえ、帰った方がいいかもしれないわね」

一呼吸おいて、チヨがいった。

「そうだなあ、何にも力になれなくて悪いけど、これからのことを考えると帰った方がいいと思うよ」

健二も同調した。

「心配かけてしまって……。でも胸の内を聞いてもらえたからありがたかったわ」

「何かあったらいつでも話に来ればいいのだから」

ベンチに腰かけていた老夫婦はいつのまにかいなくなっていた。幼児たちは相変らず転げまわっていた。

ヨシ江たちはベンチから立ち上がった。

「いい花見をさせてもらったわ」

ヨシ江が桜の木を見上げていった。五分咲きの桜は、しっかりと枝について揺れていた。


家まで送って行こうかと心配そうに横浜駅までついてきたチヨと改札口で別れ、ヨシ江は電車に乗った。いまから帰れば夕食前に着くだろう。律子に嫌みをいわれるだろうか。どっちにしろ、自分には行き場がないのだから、何といわれても黙って暮らすしかなかった。チヨが持たせてくれたおみやげの焼売の包みを膝に置き、ヨシ江は車窓の風景に目をやった。うしろに流れていく風景を見るともなしに見ていると、ヨシ江はふっと流れているのは自分の人生のような錯覚を覚えた。

自分はいったいどこで間違えてしまったのだろうか。

ずっと誰にも頼らずに自分の才覚で生活してきたのに、なぜ最後まで自分の力で生き通そうとしなかったのだろうか。田舎でなら、自分の家もあったし働く手段もあった。細々ではあっても、なんとか暮らしていくことはできたはずだ。

だが、そのときヨシ江には自分一人で生き切る覚悟がなかった。次女の映子が上京したときから、ずっと一人で生きるべきだったのだ。だが、子どもを育てる責任から解放された気の緩みからか、身体の具合が悪い日が続いたのだった。それが更年期とも重なり、ヨシ江の内に頼りなく淋しい思いを増幅させていった。冬の屋根の雪下ろし、雪道踏みなど先行きのことを考えたとき、ひどく不安で心細かったのだった。だからといって自分から同居させてほしいなどとはいったことはなかったが、娘が来いといってくれたとき、行くのが一番だと思った。

ヨシ江が上京を決めたとき、田舎の人たちはヨシ江が娘と暮らせるしあわせを喜んでくれた。娘夫婦と孫とに囲まれた生活を想像するのは、それだけでヨシ江を温かく安らかな気持ちにさせた。実の娘の所だから悪いことなど想像できなかった。

けれども、娘は自分の親を引き取ってもらったという負い目を夫に感じていた。それは生活の隅々で、ヨシ江にも感じられた。

快速電車は地下に入っていった。窓ガラスのなかには、ぼんやりとした女の顔がこっちを見ていた。それは皺のよった、灰色の短い髪をした自分の顔であった。窓ガラスに映った自分の顔を見ているうちに、今度のことでは間違っていたのだろうか、と思った。あと何年も生きられるわけではない。家出という思いがけない行動が正しかったか間違っていたかなど、考えたからってどうなるものでもない。自分の居場所も結局は律子たち家族の所しかないとも思っていた。ただ、自分にとっては止むにやまれぬことだったのだ。自分のなかに、まだ誰かのことなど気にかけずに、思ったまま行動するエネルギーがあったことも、ヨシ江には驚きでもあった。

R駅に降り立ったとき、ヨシ江はお土産を買おうか迷った。家出した者がおみやげでもあるまい。そうも思ったが、改札口を出たときチヨからもらった焼売の包みを思いだした。何でもないような顔をして、すうっと家に入るのが一番だとチヨにもいわれていた。ヨシ江は駅ビル内でケーキを四個買った。

駅を出て信号待ちをしていると、うしろから声をかけられた。近所の梅田さんだった。買い物帰りらしい。

「おばあちゃん、お出かけだったんですか。今日は陽気がよかったからいいですねえ」

梅田はヨシ江のボストンバッグとみやげの袋をかわるがわる見ながらいった。

「ええ、横浜の妹の家に……桜がきれいでしたよ」

ヨシ江は相手に合わせていい、信号が変わったのを機に梅田と別れた。

家族はどんな顔をするのだろうか。不安と期待のないまぜになった気持ちで家に向かった。

本通りの角を曲がると和菓子屋の看板が見えた。客が一人店から出ていった。ヨシ江は工場側の入り口からなかに入った。良治が餡を練っていた。

「ただいま」

ヨシ江はできるだけ平静にいった。

「ああ」

良治は下を向いたまま、いった。いつもは返事をしない良治にしてはめずらしかった。

律子は店で客の応対をしていた。台所のテーブルの上には、食事が支度の途中までしてあった。ヨシ江のごはん茶碗もみんなの物と一緒に出ていた。ヨシ江はそれを見て、なんだかほっとした。律子は今日のうちにヨシ江が帰って来るものだと疑いもしなかったのだろうか。

ヨシ江はお土産をテーブルの端に置いて、自分の部屋にボストンバッグを置きに行った。

部屋は朝出ていったままだった。

ボストンバッグを置いたとき、ヨシ江はふうっと体が軽くなったように感じた。一日中出かけていた疲れからばかりではなかった。安堵なのか諦めなのか、ヨシ江ははっきりしないまま自分の部屋を眺めまわした。

この部屋はヨシ江のために建て増した部屋だった。次女の映子も少し費用を出したと聞いている。誰にも遠慮のいらない自分の部屋だった。結局、ここが一番落ち着く場所なのかもしれない。

ヨシ江は仏壇の前に坐って、手を合わせてから台所に行った。

律子が流しで野菜を刻んでいた。

「ただいま」

ヨシ江は律子の背中に声をかけた。

「……」

律子は包丁を動かしたまま、何かいったがヨシ江には聞き取れなかった。

「チヨが焼売をおみやげにくれたわ」

「……そう」

律子は忙しく鍋の蓋を取ったり、まな板を洗ったりしていて振り向かない。声も幾分硬い。悪かったねえ、ともいえず、ヨシ江は所在なくテーブルの上を布巾で拭いた。帰って来ない方がよかったのかもしれない、ふとそんな気持ちが蘇った。

「お風呂の湯加減見てくれる？」

長い沈黙のあと、律子が背中を見せたままいった。ヨシ江は立って風呂場に行った。

「ちょうどいいわよ」

「そう、おとうさんがもうすぐ工場から上がってくるから火を止めておいて」

律子の声にさっきの硬さはなかった。ヨシ江の心からも硬さが取れていくような気がした。

そのとき、

「ご飯はまだ？」

と百合が入って来た。

「おや、百合ちゃん、どうしたの？」

百合は一年前に結婚して、同じ市内に住んでいた。

「今日はうちの人の帰りが遅いから、ご飯を食べに来たのよ」

百合はもう居間の椅子に坐っていた。

「おとうさんがお風呂から出たらご飯にするから、ちょっと待ってね」

律子が良治の着替えを風呂場に持っていきながらいった。すると百合がテーブルに向かい合って坐っていたヨシ江の方に身を乗り出して、

「おばあちゃん、今日家出したんだって？　勇気あるじゃないの。でも、どうしてわたしのところに来なかったのよ。今度からそうしなさい。ね、おばあちゃん」

とこっそりといった。百合の思いがけない言葉にヨシ江は急に胸がじーんときた。

「お前、そのことで来たのかえ」

「そうよ、心配したんだから……」

律子が戻ってきて、話はそれきりになった。憲太はまだ帰っていなかったが、食事が始まった。良治も律子もヨシ江の家出については何もいわなかった。そしていつも通りの夕食だった。

この場に百合がいなかったら、食卓の話題がなくて息苦しくてたまらなかっただろう。もっ

ぱら話題は百合の新婚生活のことだった。ヨシ江は口を挟まなかった。

今日一日のこと、それぞれに思いがあるはずだが、誰もこの場で触れない。口に出したとしても、誰が悪くて、誰が謝るものでもない。むしろかえって知らぬ振りの方が、明日からも暮らしやすいかもしれなかった。

ヨシ江は食べ終わると、すぐに自分の部屋に行った。風呂に入る前に少し休もうと布団を敷いたが、すぐにうとうとした。

「おばあちゃん、おばあちゃん」

ヨシ江は肩を揺すられ、耳元の呼ぶ声で目が覚めた。

「おばあちゃん、大きな口を開けていびきをかいていたわよ。お風呂は?」

「ああ、入るよ、ちょっと横になるつもりが眠ってしまったね」

ヨシ江は起き上がって逆立った髪を手で撫でつけ、百合のあとについて行った。

捨てた手紙

テーブルの上に置かれた新聞も、ソファの上のクッションの位置も、朝のままだった。どうやら母は今日ここに来なかったようだ。

私は着替えると慌ただしく夕食の支度に取りかかった。ブリを焼き、野菜を炒め、味噌汁を作り、そして小分けにして冷凍してあるご飯を電子レンジにかける。手間のかからない物ばかりを手早く調理する。テレビをつけながら新聞を広げ、箸を動かす。すべてが、ながらであった。誰も文句をいうものはいない。

朝八時に家を出て、帰宅は九時過ぎ。食事をし、風呂に入りそれからほっとする時間、これらが自分を取り戻す時間であった。喫茶店という仕事がら、一日中誰かしらと話をしている私にとって、夜のこの沈黙は精神のバランスをとる大切な休養であった。

湯気でもやった風呂にゆったりと浸かっていると、母のヨシ江のことが気泡のように浮かんできた。

今日はどうして来なかったのだろう。陽気がよかったから、横浜のチヨ叔母のところにでも遊びに行ったのだろうか。それとも義兄が留守で、家で伸び伸びとしていられたのか。風呂の中で手足を伸ばしていると、さまざまなことがわやわやと浮かんでは消える。私の意識はもうヨシ江から離れ、仕事や友人のことなどへと脈絡もなく移っていった。

朝から客の入りがよく、仕事に追われた一日だった。私は疲れて家に帰ってきた。明かりをつけると、居間のテーブルの上にはお茶を飲んだらしい湯飲み茶碗が置いたままになっていた。クッションはきちんとソファの隅に重ねられてあるし、新聞も読んだあとがある。昼間、ヨシ江が来ていたようだ。

台所のガスコンロに鍋がのっていて、蓋を開けると煮込みうどんがあった。母が作っておいたのだ。うどんがふやけているが、それでも疲れた身体には助かる。夕食を作るのはやめて、ガスを点火し、うどんを温めタマゴを割り落とした。二、三分で夕食の支度は終わった。

テレビをつけ、新聞に目を通しながら、私はうどんをすすった。一息ついてふと目を上げた先、テレビの横の小机の上に、コデマリの花が一枝、ガラスの花瓶に活けてあるのに気づいた。ああ、だから部屋がなんとなく明るんだ感じがしたのだ。私は和んだ気持ちでコデマリの花を見やった。ヨシ江が姉の律子の家の庭から切ってきたのだろう。

ヨシ江は私の住まいから七、八分ほどのところに、姉の律子たち家族と暮らしていた。長いこと和菓子屋をやっていた律子夫婦が、長引く不況と、その上近くにチェーン店の餅菓子屋ができたことなどで店を閉めたのは、一年程前のことだった。ヨシ江はそれまで店番や家事を手伝っていたので、私の部屋に来て息抜きをする時間などなかった。けれどもいまは律子夫婦は外に働きに出ているし、二人の孫もとうに独立して家にいない。

幸か不幸か八十を過ぎてやっと自由時間ができたよ、とヨシ江は小さく笑っていたが、一日の大半をようやく自分の好きにして過ごせるようになったのだった。

私は寝る前に思い立って「うどんおいしかったよ、コデマリの花とてもきれいね、花が活けてあると部屋が明るく、ほっとする」と書いてテーブルの上に置いた。近くに住んでいても、朝早く夜遅い私の日常生活では、ヨシ江と言葉を交わす機会はそう多くなかった。

立て続けに押されるドアホンに急かされて、慌てて玄関に行くと、鍵がガチャガチャ音を立てている。覗き穴から覗くと小柄なヨシ江がドアにまっすぐ向き合って、穴を覗くようにして立っていた。

「ちょっと待ってよ、いま開けるから」

私がいうのも待てずにヨシ江が引いたドアは、チェーンの絡まった激しい金属音をマンションの中廊下に響かせた。もう、急かさないでよ、といいながら私はチェーンを外した。

「まだ寝ていたの？」

ヨシ江は部屋に入るとまっすぐ窓辺に行き、カーテンを開けた。窓を開けると、朝の風が光りとともにカーテンをはためかせた。こんなに早くから私の部屋に来るのは、義兄が家にいて、気詰まりだったのだろう。窓からの新しい空気でようやく目覚めてきたが、私はヨシ江がこまごまと動き回るのにまかせていた。

ヨシ江と顔をあわせるのは二週間ぶりであった。ヨシ江は台所に立ってお湯を沸かしながら、朝寝していた私に、

「ほんとにしょうがないねえ」

とぶつぶついった。ソファにくつろいだまま私は母の小言を聞き流し、お茶を淹れてくれるのを待っている。八十歳になる母親にお茶を淹れさせている娘の私は四十八歳の独り者だ。お茶を淹れ、やれやれといった顔で一息つくと、ヨシ江は手提げ袋から茶饅頭を取り出し、一つを私の前に置き、もうひとつを小さく割って口に入れた。

休日の朝、このようにお茶を前にして、母と娘の一週間、二週間分の四方山話がはじまるのだったが、だいたい私が聞き役であった。家族や親戚、お使い先で出会った人や整骨院で係わった人たちの出来事などを、気を遣わないで語る相手をヨシ江は持っていない。

律子の夫の良治はヨシ江と口をきかないし、そんな夫に遠慮してか、律子は母親にやさしい言葉をかけることが少ない。ヨシ江は姉娘の家では、会話の少ないひっそりとした存在であった。だから一週間に一回の私の休みの日、何の気兼ねも要らない娘の部屋で、堰を切ったようにヨシ江の口から言葉があふれ出てくるのは仕方のないことでもあった。そうとわかっていても、疲れていたりすると、逃げ場のない狭い部屋でのおしゃべりが鬱陶しいと思うこともあった。

それに私も、せっかくの休日を母のためばかり使っていられない。淹れてくれたお茶を一口飲んだだけで出かけることもあれば、早くから出かけてしまって顔をあわせない日もある。母の気持ちを汲んでやりたい思いはあっても、私には私の生活のスケジュールがあった。

この日私は午後から久しぶりに友人と会う約束があった。ヨシ江の淹れてくれたお茶を飲むと、さてっと立ち上がった。

「出かけるの？」

ヨシ江は私を見上げるようにしていった。

「そう、そろそろ着替えなくちゃ」

「たまの休みなのに、せわしないこと」

そういってヨシ江はテレビをつけた。私が出かけたあとこの部屋で、ヨシ江は整骨院の午後の治療が始まる時間までテレビを観ているのだろう。

私が出かけてしまえば、ヨシ江は胸に溜め込まれているはずの一週間分の愚痴や出来事を吐き出す場所がないことになる。

「散歩がてら駅まで一緒に行く?」

「そうねえ、じゃあ、お昼の何かを買ってこようかしら」

ヨシ江の声が急に明るくなって、テレビをすぐに消した。

「どう、変わったことない?」

「変わったこと……って、別にねえ」

駅までのわずかな距離をゆっくりと歩きながらの会話だった。

「すぐに思いつかないってことは、しあわせってことなのよ」

ちょっと立ち止まり何かいいよどんでいるようなヨシ江に、私はことさら断定的にいった。

「……そうかもしれないね」

ヨシ江は少し間をおいてからつぶやくように同調した。

律子の夫の良治とヨシ江は日常的会話がほとんどない。律子は母の面倒を見てもらっているという負い目から、そしてヨシ江は娘に迷惑をかけるといけないからと、二人ともその訳を良治に確かめることをしなかった。良治は私とは普通に会話をするし、気を遣ってくれている。だが、私は外にいる人間で、母のための負担を何も負っていないから、口をはさむ立場になかった。職人気質の良治は、いわなくてもわかるだろう、という性質で、そんなことが絡み合って年月を経るにしたがってしこりは硬くいびつになっていた。

いまさら帰る家もなく、この環境のなかで生きるしか術がないヨシ江なのだから、ヨシ江が我慢するしかない。姉も私もそういうふうにして、ヨシ江が我慢するという形を見て見ぬふりをしてきたのだった。

ヨシ江が愚痴をいうとき私は、そうね、といって同意したあと、でもね、というのがいつものことであった。

でもね、ほかにもっとつらい思いをしている人がたくさんいるのよ。そういって隣近所で聞いた話や、新聞に載っているかわいそうな境遇の人のことなどを話し、あなたはまだしあわせなほうよ、というのだった。少なくとも丸ごと不幸だと思うものではないと、いい含めるのだった。

いつも根本的な解決にならない気休めをいっている私は、内心誤魔化しているようなうしろめたさを感ずる。けれどもヨシ江は、そうねえ、と納得した顔をする。どうしようもないことだから、納得したふりをするしかないのかもしれなかった。

いつか「良治さんはそんなに私が憎いのかねえ」とヨシ江がいったことがあった。それは決して声高でもためいきまじりにでもなく、具体的なことは何もいわず、ただ何気なくひょいと口からこぼれ出たといったふうであった。そのとき私はその先を聞くのがためらわれた。母の哀しみを取り除いてやれない状況で、聞くのがこわかったのだ。

この日もなんとなくヨシ江の言葉に屈託を感じたのだったが、いまはじっくりと聞く時間が私にはなかった。ヨシ江のゆっくりとした歩調に合わせながら、私は何気ない話題にした。

「足は、どう？ 痛くないの」

「これはねえ、しょうがないのよ。でもここのところ陽気がいいから少しは楽だね」

腰は曲がっていないが、膝関節炎でヨシ江の脚はかなり湾曲している。ヨシ江は駅ビルの階段を手すりにつかまりながら、一段一段ゆっくりと上がっていった。

「じゃあ、行ってくるからね」

「あんまり遅くなるんじゃないよ」

身体的にも精神的にも経済的にも、母はすでに丸ごといたわらねばならない存在であった。そんなヨシ江が、五十近い娘にいったその言葉に、私はくすぐったくて肩をすくめた。改札口を出て振り返ると、ヨシ江はまだ私のほうを見ている。私はうしろめたさをちょっと片手を挙げるしぐさで振り切った。


ヨシ江が新潟の家を畳んだのは、姉の律子が妊娠し、母の手を必要としたからであった。

私が高校を卒業し上京したあと、ヨシ江は一人で暮らしていたのだが、豪雪地帯といわれる僻地の村に母を残しておくのは気がかりであった。そうかといって、ほとんど土地もない田舎に帰って暮らす気など私にも姉にもなかった。いずれ面倒を見ることになるのなら、母の手が必要とされる娘の出産というこの時期に呼び寄せるのが一番であろうと思えた。十八歳と二十一歳のまだ世間知らずの私たち姉妹にとって、親孝行の最善の道だと思えるこの選択に母が従うのは当然のことだと考えていたのだった。

大正の初めに生まれ、さしたる職業も財産も持たないヨシ江は、子どもたちの考えにしたがって、長年住みなれた故郷をあとにして千葉に来ることになった。そのとき五十歳だったヨシ江は、八年前に夫を亡くしていた。行商をし、ついで人の世話で季節保育所の保母をやり、少しの時間を見つけては賃仕事をしていた。私の記憶にあるのは活発で社交的で、働き者の母の姿だった。

このように自分の才覚で生きてきたヨシ江が、自分の人生を子どもたちの都合に合わせたのは、あの、気の遠くなるほど降り続く雪の始末や生活への不安が大きかったからだったのだろうか、それとも老いては子に従えという古くからのいい伝えに縛られていたからだろうか。子に従った結果、ヨシ江は自分の持ち前の社交的気質を徐々に薄めて、次第に自分自身を飲み込んで小さくなっていったように私には思える。

良治は警備員の仕事に就き、律子は午前と午後の二つのパートを掛け持ちで働いている。日中家にいるのはヨシ江一人である。そんなヨシ江が早々と誰もいない私の部屋に来ているのは、たいがい良治の夜勤明けの日であった。

テーブルの上が整頓されているときは、ちょっと部屋の様子を見に来ただけ、台所の食器や鍋が使われた形跡があるときは、良治が家にいたとき、そんなふうに私は、部屋の使われ方からヨシ江の日常を推し量った。そしてそれらから、このところのヨシ江の日常は、それなりに単調に平穏に過ぎていっていると思っていた。

けれどもその日郵便物を見ていた私は、電話明細書の料金がいつもの倍になっているのに目がとまった。市外通話の分であった。こんなにかかることはいままで一度もなかった。私には特別に使った覚えがなかったから、ヨシ江が使ったのだろう。新潟や横浜の妹に電話していたに違いない。こんなに電話をしていたということはまた、良治との間にいざこざでもあったのだろうか。電話口で他愛もないことを話題にして、ストレスを解消しているヨシ江の姿が目に浮かんだ。私はやれやれと思いながら、それでもこれで憂さが晴れるのならと、電話の明細書をしみじみと眺めた。

何かと用事が重なってヨシ江とはここ一ヵ月くらい顔を合わせていなかった。こんなに長時間あちこちに電話して話さなければ気持ちがおさまらないほどの出来事であるなら、今度の休みには母とゆっくりお昼を食べながらでも話を聞いてあげなければと思った。

いつものように帰宅すると、部屋はいつものように掃除がされていた。テーブルの上にはカレイの煮付けとほうれん草のおひたしがラップにかけられてのっている。ガス台には味噌汁が温めるだけになっている。わざわざ夕食の用意がきっちりとしてあることなどは、そうそうなかった。いぶかしく思いながらも、私は母が作ってくれた物を電子レンジで温めて食卓についた。テレビをつけ新聞を取ろうとして小机に手を伸ばして、小さく折りたたんだ紙があるのに気がついた。

映子、あんたに相談があるんだけど。

今度からあんたの部屋に泊まってもいいかしら。その方が良治さんも喜ぶと思うのよ。別に何があったわけじゃないんだけれども、もういい加減律子たちの家から離れたいのよ。荷物は別にたいしたものがあるわけじゃないから、身体ひとつでいいのよ。

もう律子たち夫婦に気を遣うのが嫌になった。あと何年も生きられるものでもないから、気楽に暮らしたい、それだけなの。どう思いますか。

映子へ　　　　母より

それは新聞のチラシ広告の裏に書かれてあったヨシ江からの手紙であった。チラシの裏ということは、お茶を飲みながらテレビに目をやってぼーっと何事かを思い起こしているうちに、衝動的に書いたのではないだろうか。ヨシ江の決して上手ではない文字から、自ら窒息しそうでありながら、それでも姉や私に遠慮している母の息づかいが伝わってきた。

私は心に鉛を飲み込んだような重い気持ちで、もう一度ヨシ江の手紙をひろげた。もう嫌だ、もうこの家にいたくない、そう叫びたい感情を抑えながら、私の家で暮らしたいということを遠慮がちに打診していた。

市外通話の長電話はこういうことだったのだ。

私はヨシ江の三十年を思った。自分の住処を遠慮がちにしか求められない母の生き方。ヨシ江が手塩にかけた孫たちはすでに結婚して、ひ孫は幼稚園児であった。ヨシ江の三十年は、姉たち家族の全人生とそっくり重なっていた。子どものために良かれと思って故郷を捨て、娘や孫のためにと働いてきたヨシ江がそこに求めたものは、他愛ないことにも笑いあえる家族、というささやかなものであったはずだった。私はやりきれなかった。

一年前に商売を廃業したとはいえ、姉たち夫婦が三十年もひとつ商売を続けてこられたのは、母が家事や育児を一手に引き受けてくれたからじゃないか。面倒を見ているといったって、お互い様のはずだ。母にだってもちろん非はあるだろう。しかし、だからといってなにも八十の年寄りが家を出たいと思うような仕打ちがあっていいはずがない。姉も姉だ。いくら良治に遠慮があるからといって、夫婦ではないか。親が辛い思いでいるのを見ても、母をかばうことをしなかったのだろうか。夫に思ったこともいえない夫婦なんて、それじゃあいったい夫婦ってなんだろう。

ヨシ江と良治の間に何があったのかわからないにもかかわらず、私は律子と良治に心の内で悪態をついた。姉夫婦を非難することで陰鬱な気分を追い払おうとした。けれども悪態をつけばつくほど、自分自身の身勝手さと切なさとがごっちゃになって跳ね返ってきた。

それでは私は母の気持ちに添うことができるのか。すると母の身に対して最後までどう責任を負えるのか、という重苦しさが私にのしかかってきた。母の身を引き受けること、それは私の暮らし方の根底からの変更を意味していた。

一日のうち十二時間働いて、睡眠などを除く四時間が私の私的生活の全持ち時間だった。ただぼんやりとテレビを見ているにしても、疲れて早寝をすることになったにしても、また本を読んでいるにしても、どんなに無為に過ごしたにしても、それは私にとって明日のために必要な時間と空間であった。このひとときを手放すことができるだろうか。私はそれを失う決断を下せなかった。それはあまりにも自分勝手ないい分だとはわかっている。けれども母がおもねるようにして私との同居を望んでいるのに、どうぞ、といえない自分があった。

母の手紙を読み終わって私は「今度の休みにゆっくりと話し合いましょう。それまで時間をください」と手紙に書き、テーブルの上に置いた。


翌日私は暇な時間を見つけて、姉の律子に仕事場から電話した。

「ねえ、おかあさんのことだけど、最近そっちで何かあったの？」

「何かってなによ」

姉の怪訝そうな声は、平穏に過ぎている日常に小石を投げ込まれそうな警戒の色に変わった。その変化を聞き取ってしまって、私は姉に負い目を感じた。

「……話があるんだけど、外で会えないかしら」

「わかったわ」

電話口の律子の声が幾分沈んで聞こえた。母親のことで話があるなどというだけで、律子には良治とのことだと推測できるのだろう。

仕事を終えて、急いで私は姉と待ち合わせている駅に向かった。

煌々とした明かりの駅前広場は大勢の人たちが集まっては散っていく。これから飲みに行こうとしているグループ、酒の酔いにまかせて大声でわめいている男たち、何かの会の引けたあとらしい着飾った女性たちの声高な声。駅前にいる人たちはみんな、何の屈託もなさそうに私には見えた。

先に来て待っていた律子と、私は近くの居酒屋に入った。どうも、と生ビールのジョッキをぶつけ合わせ、ほんのちょっと口をつけただけで私たちは黙ってしまった。私はなかなか話のきっかけをつかめないでいた。律子はジョッキを両手でもてあそんでいて、私が話し出すのを待っていた。

「お義兄さんとおかあさんの間で何かあったの？」

私は電話でいったことをまた繰り返した。

「何がって、なによ」

律子もまた同じように聞き返した。

「おかあさんがね、私の家に来たいって、昨日家に手紙が置いてあったのよ」

ヨシ江の手紙をそのまま見せては律子には酷だろうと思えて、私は本旨だけをいった。そして姉が受けるだろう衝撃から目をそらすために、ジョッキを口に運んだ。口の端からビールがこぼれて、ブラウスの胸を濡らした。律子がおしぼりを手渡してくれた。濡れたブラウスの胸の水気をふき取っている私を黙って見ていた律子が、

「あんたに引き取るつもりがあるの？」

といった。私は返事に詰まって、目をそらした。母を引き取るには覚悟がいる。しかし、

その覚悟はできていなかった。

「おとうさんが口をきかないのはいまに始まったことじゃない。ただ、いつだったか、おばあちゃん、夕食はいらないといって部屋から出てこないことがあった。覗いてみたら、もう布団かぶって寝ているのよ。どうしたの？　って聞いたら何でもないと。でも水っぽい声をしていた。泣いたのかしらと思ったけど。もし何かあったとしたら、そのときかもしれない」

「そのとき、理由を聞かなかったの？」

私はおずおずと尋ねた。

「聞いてなんになる？　どうしようもないじゃないの。いまさらお互いが反省するなんてこと無理だし、それなら、それぞれが痛みを腹のなかに飲み込んで、あとは黙って見てみぬ振りをする、お互いが少しずつ我慢する、そうやっていくしかないじゃないの」

「でも、そういうときに聞いたほうが、どう対処していいかわかるのに……」

「二人の間に入って、どう波風を立てないで暮らすか、わたしがどれだけそのことに神経を使っているか、それがどんなに大変なことか、一緒に生活していないあんたにはわからないのよ、月に一度か二度顔を合わせるだけなら、誰だってやさしい顔をすることができるわよ。十分に耳を傾け話を聞いてあげられるわよ。自分も相手も上澄みの部分だけ、つまりいいとこ取りだから。でもね、毎日一緒だとね、年寄りがね、またトイレを流し忘れているとか、電気やテレビをつけっぱなしで寝ているとか、そんな些細なことにも腹が立つことがあるのよ。ましておとうさんはおばあさんに対して露骨に嫌な顔をする。でも、そういうこともいまに始まったことじゃないんだから。それはあんただって知っているでしょう……、気にしないようにするしかないのよ。それにあんたのところに行ったからって、どうなるのよ」

律子は腹立たしそうにそこまでいうと、口をつぐんだ。しばらく心を整えているように黙っていたが、

「わたしだってね、おとうさんがなんでおばあちゃんにあんな冷たい態度しか取れないのだろうかって思うわよ。おとうさんは小さいころ母親を亡くしているんだから、もっとやさしい気持ちで接してくれると思っていた。なんでやさしくできないのだろうかと……」

と急に声を震わせた。そして泣くまいとするように、そのまま口元をぎゅっと結んでしばらく何かをこらえるように黙った。が再び、

「やさしい言葉をかけるのが、確かにわたしは下手だと思う。でもね、朝いつもの時間におばあちゃんが起きてこないと、死んでいるのじゃないかしらとこっそり覗きに行ったり、頭の隅にはいっつも気にしていなければならない生活を考えたことある？　好き勝手に自分だけのことを考えて生きているあんたのところに行ったって……」

そういって急いでおしぼりを取ると目頭を押さえた。律子はいままで一度も母親のことで

私を詰ったりしたことはなかった。親戚との付き合いも、義理を欠かさない。長女であるということと、独身である妹はあてにできないという意識が、律子に義務やしがらみを一手に引き受けさせていた。

家庭を持ったことのない私は、姉のように夫のためとか子どものため親のために自分を抑制する必要のない暮らし方をしてきた。十八歳からの三十年このかた、自由きままに、自分の身一つに責任を持てばよい生き方をしてきた。姉の言葉は一つ一つもっともなことだった。

田舎にいたころ、男手のない私の家では、屋根の雪下ろしや、一晩に一メートルも積もる雪を踏んで道をつける仕事は、母と中学生の姉がやっていた。それらはかなりの重労働であった。遊び半分に手伝っている私とは違って、たった三歳しか違わない律子には逃れられない役目として割り当てられていた。そんなふうにして先に生まれたというだけで律子は、いつも私の分まで責任を背負って生きてきたのだった。

姉の母親に対する対し方を批判している身勝手さを、私は十分に自覚しているつもりだった。それでも、何かの折に母親にちょっと一言やさしい言葉をかけて欲しいと願う資格は、私にはないのだろうか。

私たちはその夜、母親をどうするか、については何も話さないで別れた。家に帰って、私は、ヨシ江に手紙を書いた。

おかあさん、私はおかあさんがおねえさんの家を出ることには反対です。おかあさんにとっても、決してその後の暮らし方が楽になるとは思えないのです。住まいでいえば、私の家は二部屋しかない。お互いの個室を作ることができません。就寝も起床も生活時間がまるっきり違うことに、長い間には耐えられなくなるでしょう。おかあさんのいまいる部屋は、増築したときに私も半分負担しているからそのことに関しては気兼ねしなくてもいいおかあさんの部屋です。歩いてすぐの距離にある近所で、自分の親が妹の家に移ったとなるとおねえさんの立場も困るのではないでしょうか。それにおねえさんの家を出たとなると、今度は何かの折に家族で集まるときにおかあさんはそこに顔出ししにくくなるのではないかしら。どのみち私は昼間家にいないのだから、この部屋はおかあさんが好きに使って構わないのです。

書いてはみたが言い訳ばかりで気に食わなかった。私はそれを丸めてくずかごに捨てた。

布団に入ってからも、どうしたものかと考えるとなかなか寝つかれない。私と一緒に住みましょう、そういうのが一番母の気持ちに添うことになるのだろう。けれども、三十年も姉の家に暮らしていたヨシ江が、目と鼻の先に住んでいる妹の家に移り住むことになったとしたら、律子はどんな気持ちになるだろうか。ほっとするとは思えない。良治にしたって、出て行っただの、追い出しただのと、陰口を叩かれることになるのを聞き流していられる性質ではない。それはまた律子に返ってくる。ヨシ江にしたって、ひ孫たちと正月やクリスマス、誕生日のお祝いなどをする楽しみを失うことになる。庭の草花をいじることくらいしか趣味のないヨシ江が、マンション暮らしの私の家でどうやって日々を過ごしていくのか……。

私はそうやってヨシ江がいまのままでいることが一番いいことだ、という理由ばかりを数え上げた。だがどんなにいろいろと理由をつけても、心の沼のなかから利己的だと責める声がぷくりぷくりと泡となって浮き上がってくる。私は自分に負担がこないようにするために一生懸命いい訳しているにすぎないという考えから逃れられなかった。

ヨシ江のことが心にひっかかりながらも、結論が出せないまま私は職場に行った。仕事が一段落していた夕方、ヨシ江から電話があった。

「ああ、映子。あの件はなんにもなかったことにして。なんにも、ね」

「なかったことにしてって、どういうことなの？」

律子が何かいったのだろうか。それとも良治の態度に変化があったのだろうか。けれどもヨシ江は、

「もう、このことはこれっきり」

そういって電話を切った。耳に残っている電話口のヨシ江の声から、私はその感情を推し量ろうとした。その声は明るいようでいて沈んでいるようにも聞こえた。あきらめたようで

いて、意思的にも思われた。乾いた自嘲的な声にも聞こえた。そう聞こえるのはみんな私の感情の反映なのかもしれない。

ヨシ江の変化に戸惑いながら、私は家に帰った。部屋の様子から、今日もヨシ江はこの部屋に来ていたようだ。ここから私に電話してきたのだろう。私は部屋の様子に変化はないかと見回しながら、はっと気づいて慌ててごみばこを漁った。たいして入っていない紙くずばかりのごみばこに、昨夜書き捨てた手紙が入っているはずであった。だがほかの紙くずはあるのに、肝心の書き損じの手紙が見つからない。

電話口の母の声がよみがえった。

母は私の気持ちを察したのだ。そしてあきらめたのだ。意思的であったのは、その環境で生きるしかないと思い定めたからだ。そしてそんなふうにしか生きられない自分の人生の選択の仕方を自嘲したのかもしれない。

私はのろのろと食事の支度に取りかかった。そういえば、私のところに電話がかかってきたのは夕方だった。いつもならとっくに自分の部屋にいる時間だ。私の書き損じの手紙を見つけて、律子が心配するぎりぎりの時間までこの部屋で、母は自分の八十年の人生を、そしてこれからからあと何年あるかしれない残りの人生に思いをめぐらせていたのだろうか。

私は鮭の切り身をグリルに入れながら、ヨシ江の電話口の声をまた呼び起こしていた。絶望の声ではなかったと思う。むしろこの現実を受け入れようと決めた決然としたものが感じられるような気がする。小分けにして冷凍しておいたご飯を電子レンジにかけ、ヨシ江が漬けておいてくれた浅漬けのキャベツを出しながら、私は申し訳ないと思う一方で、ほっとした気持ちが起きてくる苦さを感じていた。

ふと、部屋に甘い香りが漂っているのに気づいた。テレビの横の小机の上に羽衣ジャスミンがうすピンクの小房を垂らして活けてあった。そういえば、コデマリの花が活けてあったのは、いつだったたか。花の水換えを私はぜんぜんやらなかった。枯れた花をいつのまにか母は捨て、そしてまた庭にある季節の花を新しく切ってきて活けておいてくれたのだ。

午後のひととき

少し時間があったので、夕方姉の家に立ち寄った。すると、姉の律子が私を待ち構えていたように、

「おばあさんが柳瀬さんの家に歌を歌いに行き始めたのよ」

と、声をひそめるようにしていった。

柳瀬さんは姉の家から二軒先の家のご主人で、私も会えば挨拶する程度の顔見知りであった。小柄で丸顔の柳瀬さんは物静かな感じの人だった。

「へえ、もともとおかあさんは歌が好きなんだからいいんじゃないの。何か困ることでもあるの?」

やっと母に自分の時間ができたのだから好きにさせてやればいいじゃないか、と私は思ったのだった。

八十一歳になる母のヨシ江は、五十歳のときに長女の律子夫婦と同居するために、それまで一人で暮らしていた新潟から千葉に来た。律子が和菓子職人の良治と結婚して間もなく妊娠し、母の手が必要になり、呼び寄せられたのだった。

ヨシ江は二人の孫の世話や家事を自分の役割として、律子夫婦を支えてきた。それから三十年、二人の孫はそれぞれ独立して別所帯を持ち、家には律子夫婦とヨシ江の三人だけになったが、ヨシ江の時間は相変わらず自由ではなかった。ひょいとしたときに店番がいないと困る、といわれていたからだった。

ところが、三十年余和菓子屋を営んできた律子夫婦が、このところの不景気のせいか、あるいは時代に乗りきれなかったせいか、商売が立ち行かなくなって店を閉めることになった。律子は飲食店でパートの働き口を見つけた。すでに六十になっていた根っから職人の良治の方は、なかなか職が見つからなかったが、それでもどうにか警備員の仕事にありつけた。夫婦で勤めに出てしまえば、家のなかはヨシ江一人になるのだから、あとをどんなふうに過ごそうと誰にも気兼ねのいらない生活になった。この歳になってはじめて自分の時間が持てるようになった、と母は私に話したことがあった。

和菓子屋をしていたころには、歩いて七、八分の所にあるマンションの私の住居にさえ、滅多に母は来ることがなかった。それが、いまでは私が仕事に出かけたあとにやってきて、テレビを観たり、昼食を食べたりして小半日を過ごし、午後の整骨院の診察が始まるころ合いを見計らって帰って行くようだった。私が頼んだわけでもないのに、部屋の掃除や洗濯、ときには夕飯のおかずを一品作っておいてくれたりする。

そんなヨシ江の毎日の過ごし方を、私と三つ違いの律子は、自分の家があるというのになんで、と私の顔を見ていった。

私は市内で喫茶店を経営していて、帰宅するのは夜の九時ごろである。休みも週一回、そんな私の生活スタイルなのだから、ヨシ江が私の部屋にいても、律子の家でと同じように話し相手がいるわけでもなく、結局テレビを相手に一人で過ごすことになるのだ。そんなことなら自分の部屋でテレビを観ていても同じではないか、と律子は思うのだろう。

けれどもはじめて時間の主人となったヨシ江にとって、娘婿の良治の世話になっているという思いもあったから、律子の家を抜け出す自由こそが大きな解放感になっているのだと私は見ていた。

ヨシ江が自由な時間を持てるようになった同じころ、柳瀬さんも定年退職後の再就職先を辞め、家にいるようになったようだった。柳瀬さんの家と律子の家は間に一軒家を挟んでいるのだが、双方の庭が裏で隣り合わせになっていた。

ヨシ江と柳瀬さんは挨拶を交わす程度の間柄であったのだが、庭いじりをしているうちに垣根越しに会話を交わすようになった。柳瀬さんはカラオケが好きで、家には立派な設備が揃っている。もともとヨシ江も歌が好きだったことから、それでは歌いに来ませんか、ということになったのだという。

新潟にいたころ、村祭りや盆や正月などには、祖父の家に親戚が集まって飲めや歌えやの陽気な宴会となった。ヨシ江がカラオケを習い始めたと聞いたときすぐに私が思い浮かべたのは、一座の中心になって楽しそうに歌っていたあのころの母の姿だった。

まずはねえさんから、という叔父の言葉で母が「越後名物数々あれど……」と「十日町小唄」を歌い始める。みんなもそれに和し、手拍子や合いの手を入れる。今度は酔っ払った伯父が立ち上がって「ドッと笑うて立つ浪風の……」と十八番の「相川音頭」を歌い出す。すると隣に坐っていた伯母が伯父の歌に合わせて踊り始めるのだった。そうやって三時間でも四時間でも宴会は続く。広い座敷で勝手に遊んでいた私や姉や従兄弟たちがそろそろ飽きて親の袖を引くころ、叔父が母に「さあ、ねえさんの歌が出るころだ」と促す。すると最後に母が、「国境の町」をしんみりと歌うのだった。

季節や行事の折々のこのような光景は、私が高校を卒業して上京するまで馴染みのものであった。

いまでは親戚の集まりも少なくなり、ヨシ江が歌を歌う機会はほとんどなくなっていた。

家族と関わる以外これといった楽しみを持たない母に私は、友だちを作るために老人会にでも入ったら、とすすめたこともあった。本来は社交的なヨシ江だったが、なぜかどこにも出たがらなかった。手伝いとはいえ、家が商売をやっていると、日々の生活は細切れの時間に追い立てられ、まとまった時間を作るとなると容易ではないという事情もあっただろう。娘婿への気兼ねもあったかもしれない。

しかし、そんなヨシ江にようやく何かを一緒に楽しむ友だちができたのだ。姉には悪いが店の廃業は、母に自分の楽しみを見つけるきっかけとなったようだった。

私の部屋にいつの間にかピンクのラジカセとカセットテープが置かれてあった。ヨシ江が買ってきたものだ。ピンクというのは、ただ安いというだけで購入したのかもしれなかったが、その色にヨシ江の心の弾みが感じ取れた。

テープには手書きで、「国境の町」とか「赤城の子守歌」などと几帳面な字で曲名が書かれてあった。柳瀬さんがわざわざ録音してくれたものだろう。ヨシ江は昼間この部屋でカセットテープを流しながら、予習復習に励んでいるのだろうか。

ある日、店が定休日で出かける用事もなくゆっくりと部屋で新聞を読んでいると、ガチャガチャとドアを開ける音がして、

「おや、今日は出かけないのかい。めずらしいね」

と合鍵を持っているヨシ江が入ってきた。

母と顔を合わせるのは久しぶりであった。私は坐っていたソファの席を空け、

「カラオケを始めたんだってね」

と聞いた。ヨシ江は痛い膝をかばいながら、どっこいしょと声に出して坐り、一息ついてから、

「そうなのよ」

と、すこしはにかんだ。そして、

「お稽古は週一回なの。一番好きな歌から、というので『国境の町』にしたの。だけど、あんまり歌わなかったものだからすっかり声が出なくなっていて、情けなかったわ。でもね、柳瀬さんが最初は誰でも声が出ないものだ、歌い慣れてきたらちゃんと声も出るようになるから、っていってくれたからね」

と、お茶の用意をしている私に事細かに話しはじめた。

七十五歳になる柳瀬さんは八年前に妻を亡くしていて、共働きの長男夫婦と暮していた。孫はすでに独立して、昼間家には誰もいなかった。そんな午後のひとときに、お茶を飲みながらヨシ江は歌の手ほどきをしてもらうらしかった。

「自分は糖尿病の気があるから甘いものは食べないのに、わたしのためにお菓子を用意して

くれているのよ。そして食べろ食べろってすすめるのよね」

笑いながらそういって、ヨシ江はしばらく何かを考えているふうであったが、

「男の人でもこんなに会話のできる人がいるなんてはじめて知ったわ……」

と告白するようにいった。

十代で紡績工場の女工となり、二十七歳で結婚して二人の子どもを育て、長患いの夫を四十三歳で亡くし、娘夫婦と同居することになる五十歳まで働き詰めであった。同居後は食べる心配こそなくなったものの、少しでも娘一家の手助けになればと家事、育児をヨシ江は担ってきた。

父と母の結婚生活の半分以上を父は臥していたから、母は行商で暮らしを立てながら夫の世話をするという日々に手一杯で、父と語り合う余裕などなかったに違いない。また、口数の少ない義理の息子とは、十分に心を通わせる関係にはならなかった。

だから、柳瀬さんのような、じっくりと話を聞いてくれて、その上よく気がつき、また自分の方からも話題を提供するような男性に出会うことがなかった、とヨシ江はいうのだった。

何かの会話の折りに柳瀬さんが、苦労したんだね、といったそうだ。お茶の時間に、ときには自分の来し方を語ったのだろう。娘の私は忙しくて、親の話し相手になることは滅多にない。柳瀬さんの、相手の心情に寄り添った一言は、ヨシ江の心に深く響いたにちがいない。

母の話を親身になって聞いてくれているらしい柳瀬さんに、私は人柄の温かさを感じた。

「よかったね」

心から私はそう思った。ヨシ江は私のいった言葉を吟味しているようだったが、すぐに、

「そうね」

と、顔をほころばせた。少女のように思えるほどの素直さに、かえって私は照れくさかった。

「練習の成果を聴かせてよ」

話題を変えた私に、ヨシ江はすぐに応じ、慣れた手つきでピンクのラジカセをカシャカシャと操作した。「国境の町」のメロディが流れ、かすれたような男の声が歌った。

「柳瀬さんが歌っているのよ」

それほどうまいとも思われない歌い方だったが、ヨシ江はすぐにテープに合わせて歌い出した。

私たちはそれからしばらくの間、思い出すままに懐かしい歌を一緒に歌った。

群馬の紡績工場に女工として働きに出ていたヨシ江が家に帰るのは、年に一度、正月休みのときだけだった。寮生たちが帰郷するというその日の朝、舎監の部屋からなぜか必ず「国境の町」が流れていた。そのメロディは廊下を流れ、玄関にまでも流れてきて、自分たちを見送ってくれている、と思ったそうだ。

「ああ、もうすぐ故郷に帰れるんだ、早く家に帰りたい、そう思うと、何ともいえない気持ちになったものよ」

ヨシ江は遥か昔を手繰り寄せているような、遠い眼差しになった。

一緒に歌いながら私には、この歌を親兄弟たちと歌っていたあのころが、ヨシ江の人生の一番充実していたときだったのではないだろうかなどと思っていた。

自分の腕で食い扶持を稼ぎ出し、子どもたちを育て、生活を巡らし、判断し、裁量してヨシ江はたくましく生きていたのだ。


それからもヨシ江は、一週間を心待ちにして柳瀬さんの家に歌を習いに通っているようだった。

レパートリーも広がって「星影のワルツ」や「さざんかの宿」と書かれたテープが、私の部屋のピンクのラジカセのそばに積んであるようになった。私の知らない流行歌などのテープが少しずつ増えていった。

ヨシ江は私が部屋にいるときでも、来るとすぐにテープをかけた。声がよく出るようになった。さすが、うまいわね、というと、そうかしら、とまんざらでもなさそうだった。

ところが、半年ほどして律子が、

「おばあさんったら、今度はダンスを始めたらしいわよ」

と苦々しそうに私に耳打ちした。そして、

「おばあさんもそうだけど、柳瀬さんも何を考えているんだろう」

と吐きだすようにいった。そんなときの律子は必ず眉間に皺を寄せる。

「お互いが楽しいならいいじゃないの」

「幾つだと思う？　八十一よ、柳瀬さんだって七十過ぎよ。昼間誰もいない家で、二人きりでダンスでもないでしょう。柳瀬さんはいったい何考えているのかしら、まったく」

律子はさらに語気を強めて、

「あんまりみっともないことしないで、って、あんたからおばあさんにいっておいてよね。良治も、ばあさんはどうしちまったんだ、っていっていたし」

律子はさらに畳みかけるように、

「あんたは一緒に暮らしているわけじゃないからきれい事をいうのよ。自分は高みの見物だからいつも……」

といった。だがいい過ぎたと思ったのか、

「年寄りは年寄りらしくしていてほしいのよ」

と弱々しく付け加えた。

年寄りは年寄りらしく、という律子の言葉に反発するものが私の心にはある。だが、母のことを姉に任せっきりだということを自覚している私は、黙ってしまった。

新潟にいたころは生活に追われ、娘と同居してからは家事育児の手伝いに追われ、楽しみといったら年一回田舎に帰ることくらいで、八十一歳になるその歳まで自分の楽しみに時間を費やすことなど、まったく知らないできたヨシ江が、初めて心を浮きたてられる楽しみを見つけたのだ。

姉も激していた感情が落ち着いたようだったし、私もまたいつもの自分に戻っていた。

「でも、どうしてそんなに嫌な顔をするのよ。あの歳になって、ようやく自分の楽しみを見つけたんじゃないの」

「わたしは嫌なの、親がそういうことするのは……。子どものころ、とうちゃんが死んだあとだけど、近所のおじさんがたまに家に上がってお茶飲みをしていたりすることがあったけど、そういうのを見るのはとっても嫌だった。楽しそうに笑っている母親にむかむかしたわ。不潔って思った」

「でもそれは昔のことでしょ。親といったって八十一じゃないの。おねえさんだってもう五十三歳じゃないのよ」

「そうであっても、嫌なのよ、わたしには……」

律子の口調に先ほどの激しさ、きつさはもうなかったが、それでも渋面は変わらなかった。父が亡くなったとき、律子は中学三年生、私は小学六年生だった。律子は母親のなかに「女」を敏感に嗅ぎとったのであろうか。思春期の潔癖さが律子をそのように思わせたのかもしれない。私には、姉が不快に感じたようなそんな情景も感情も記憶になかった。

私たちが生まれ育った所は、新潟でも特に雪が多い地方だった。除雪作業はどこの家でも一家総出でやる。男手がない私の家では、母と中学生の姉とでやった。私はまだ子どもで手伝いにはならなかった。

小学生の私は何も知らないでいたが、ときには近所のおじさんが雪下ろしの手伝いに来てくれたことがあったかもしれない。あるいは母にも恋心が生まれたこともあったのだろうか。十八歳で上京するまでの間に、姉はそんな母親のときどきの様子をじっと観察していたのだろう。

何日かして、ヨシ江が私の部屋に来たとき、

「ダンスを始めたんだって？　おねえさんから聞いたわよ。カラオケとかダンスとかこのごろ何かと忙しいわね」

さも思い出したように、けれども少しからかい気味に私はヨシ江にいった。

「ダンスといっても、べったりくっつく、あんな嫌らしいのじゃなく、きちんとしたものだ

よ。柳瀬さんは紳士だからね」

私のからかい口調に、ヨシ江はきっぱりとした生真面目な表情で応じた。

「二人だけでやっているの？」

自分の軽口を恥じたものの、それでも私は六畳か八畳の柳瀬さんの部屋で、二人でダンスをしている姿をあまり想像したくなかった。

「違うよ。整骨院での知り合いの佐野さんに、歌を習っているって話したら、自分も習いたいから連れて行ってくれって頼まれてね。柳瀬さんに聞いたら、いいですよっていうから、この前連れて行ったのよ。そしたら、佐野さんがダンスもしたいっていうのよ。それでやることになったのだけどね」

「へえー、そういうことだったの」

「ダンスは二、三回やったけど、柳瀬さんがあの人はもう連れて来ないで、っていうのよ。図々しいから嫌だって。それとね、あんまり清潔な感じがしないんだって」

そのときのことを思い出したらしく、急にヨシ江の顔がほころんだ。

「それにね、佐野さんってエッチなことも平気でいうんだよ。柳瀬さんの手を取って、旦那さんの手って柔らかいですね、なんていうものだから、柳瀬さんはそういう人は嫌なんだって」

そういえば、さっきからヨシ江が動くときに微かな甘い香りがしているのに気づいた。

「香水をつけているの？」

私は唐突に聞いた。隠していたのがばれてしまったとでもいうように、ヨシ江は一瞬ばつが悪そうに、

「ちょっとね……」

とはにかんだ。がすぐに、

「佐野さんなんだけどね、年寄り臭いっていうのかしら、あの人のそばに寄ると何だか臭いのよ。年寄りって加齢臭っていうのかね。独特のにおいがあるでしょう。わたしはそういうのは嫌だから……」

といった。

「おかあさんも誰かに臭いっていわれたの？」

「誰にいわれたわけじゃないけど、さ」

と、自分の身体からにおいを飛ばすようにして、手でパタパタと扇ぐ仕草をした。

そういえば律子が、おばあさんったら洗濯のし過ぎだ、一日に二回も洋服を取り替えるのだから、と眉をひそめていったことがあった。香水をつけたり、着替えを何度もするヨシ江の行動の変化に、律子は田舎にいたころの母の「女の部分」を思い出したのだろうか。しかし、そんな母の姿に私は、腰もしゃんとしているし八十過ぎの割にこぎれいにしている、と

思う程度だった。

八十で恋をしたっていいじゃないの、と姉にふざけていったことがある。柳瀬さんに恋をしているのかいないのか、現実味のないときの話、母が恋をしているなどと思ってもいないからいっていたのである。

早朝に出かけ、夜遅く帰ってくる私の生活は、居住の場での世間を持っていなかった。「私」という人間を知るものは少ない。迷惑をかけない限り、他人が私に対して何をいおうと、私の耳にも目にも入ってくる機会はほとんどない。三十歳で喫茶店を開業したとき、客の好奇の目を感じることが多かった。その歳で自分の店を持つなんて、男がいるのだろう、と面と向かっていわれたこともある。何をいわれようと、自分一人のことだから自分で対応できた。

だが、母と同居している姉は隣近所という世間のなかにどっぷりといるのだ。人は滅多に本人に向かって何事かをいうことはない。間接的に姉や義兄の耳に入ってくるからなおのこと、その噂話はねじ曲げられる。柳瀬さんとヨシ江双方とも男やもめと後家である。何をしようが本人たちの問題だ。だがとかく色恋といった目で見るのが世間なのだろう。年をとったら年寄りなりの、平均的な生き方をすることを世間は望んでいるのだろう。あるいは自分にはできないやっかみも含まれているかもしれない。

「柳瀬さんってとてもきれい好きなの。部屋はきちんと片付いているのよ。息子さん夫婦は働いているから、家のなかの掃除は自分の役目なんですって。お使いもするそうよ」

　ヨシ江は柳瀬さんのことをもっと話したいようだった。短くカットされた艶のある白髪に縁取りされた皺のある顔が、柳瀬さんのことを話すと温かそうに生き生きと動き出した。

「わたしが近所の噂話や家族の愚痴をあんまりいわないから良いらしいのよ」

「おかあさんのこと、柳瀬さんはなんと呼ぶの？」

「苗字のときもあるけど、いつもはおばちゃんっていうのよ」

　そういってヨシ江は何かを思い出したらしく、くっくっと笑った。

「わたしの方が年上だからよ。それにわたしだって人からおばあさん、なんて呼ばれたくないものね」

「それはそうだわね」

　私たちは声を立てて笑い合った。

「わたしといるとほっとするんだって」

　ヨシ江はなおも笑いながらいった。花が咲いたような母の若々しい表情に、私は気圧されていた。ヨシ江は柳瀬さんとのことを決して姉には話さないだろう。月に一、二度しか顔を合わせない私だけが、柳瀬さんとのことを存分に話せる相手なのだろう。

　恋をすると相手のことを誰かに話したくなるものだ、そんな思いが一瞬頭をかすめた。

　自宅でカラオケで歌うことが趣味だという柳瀬さんの人生も、もしかしたらヨシ江とそんなに違いはないのかもしれない。柳瀬さんという存在がヨシ江を楽しい気分にさせているだけではなく、ヨシ江の存在も柳瀬さんの日常を楽しくさせているのではないだろうか。そうであればそれはそれで私にはうれしい、とも思える。しかし、このことを律子に話すと、何よ、あんたまでそんなこといって、と眉間に皺を寄せてそっぽを向いた。


　そんなことがあってしばらくした、ある日の私の店の定休日のことだった。

　いつものように合鍵を開けて部屋に入ってきたヨシ江の、おはよう、という声にいまひとつ元気が感じられなかった。

「どうかしたの？　また義兄さんと何かあったの？」

「そんなんじゃないけど……」

　ヨシ江はなんとなくいい渋っていた。私はお茶の用意をして、ヨシ江が話し出すのを待った。しばらく迷っているようだったが、ようやく、

「隣の豆腐屋が……」

　と、つぶやいた。

「なあに？　豆腐屋がどうしたの？」

「豆腐屋が人を笑いものにした……」

そこまでいうとまたそのときのことが思い出されたのか、ヨシ江は激してきて、

「隣の豆腐屋が、おばあちゃん、このごろ春が来たんじゃないかって、わたしにそういった。わたしは何もひと様に後ろ指差されるようなことなどしていない。人を馬鹿にするにもほどがある……」

と語気を強め、それから屈辱を撥ね返すかのようにむっと口を結んだ。

豆腐屋は軽い気持ちでからかったのだろう。だが、性的なことまで含んでいるそのからかい方は下品で、私を不快にさせた。

「なんて嫌なヤツだろう。そんなゲス野郎、相手にしないこと。逆に、あんたに何か迷惑でもかけましたか、っていってやりなさい。……気にすることないわよ」

豆腐屋を罵倒すれば侮辱の言葉が少しでも薄められるような気がして、私は乱暴な言葉を吐いた。そうしているうちに、私の記憶の底の方から古い記憶の泡が浮き上がってきた。

行商から遅く帰ってきたヨシ江は、背負っていた荷を下ろすと直ぐに、仏壇の前に坐って長い間お経を唱え始めた。それから二人だけの夕食の膳を前にして、ようやく落ち着いたのか、

「わたしが後家だからといって、なんで人から馬鹿にされなくちゃあならないのか。わたし

は誰にも後ろ指差されるようなことなどしていない」

と独り言のようにいった。母は私に何があったかいわなかったが、高校生の私には母の悔しさが伝わってきた。

新潟で自分の力で生計を立てていたころ、白黒はっきりとした性格のヨシ江は、自分の意見を持っていた。自分の考えや判断を持っていたからこそ、さまざまに才覚して子どもを育てられたのだろう。それが律子夫婦と暮し始めてからは自己主張をすることがなくなった。義理の息子に世話になっているという負い目が、次第にヨシ江を仕方がないという受け身の生き方にさせていった。

ところが、無関係な他人から誇りを傷つけられたとき、ヨシ江は激しく感情を露わにした。それは自分だけでなく、柳瀬さんまでも侮辱したことになるからなおのことであった。

「柳瀬さんは、そんな、変なふうにいわれる人じゃない、とても尊敬できる人なのよ……本当よ」

しばらくしてから、ヨシ江は強張った気持ちをふうと緩めるようにしていった。

女工として家に仕送りしていた青春、戦争の時代、そして早くに夫を亡くし、子どもを育てながらの貧乏生活。それに続く娘夫婦との同居による居候的忍耐の暮らし。

ヨシ江の八十一年を辿れば、私にはそんなことばかりが浮かんでくる。そんなヨシ江に、尊敬できる人といわせる人間関係ができたのであった。二人が築き上げた信頼関係であった。

ある日、律子から営業中の私の店に電話がかかってきた。用件が終わった後、律子は少し声を低めて、

「知っている？　おばあさんのティー・タイムも今度で終わりになるらしいわよ」

といった。用件というよりはそれが本題のようであった。

ヨシ江が柳瀬さんの家に歌を習いに通い始めて一年が経っていた。流行の歌も二、三曲覚え、田舎の法事で兄弟の前で披露してびっくりさせたと喜んでいたのはつい最近のことだった。

「なんで？　あんなに楽しそうだったのに。理由は？」

「知らないわ。どうも柳瀬さんの方からいわれたらしいわよ。あんた、明日休みでしょ、おばあさんにそれとなく聞いてみてよ」

あんなに眉をひそめていた姉であったが、急に中止になったということは、何かあったのではないか、とやはり心配になるのだろう。

この日帰宅すると、部屋のなかにはお茶を飲んだ様子があって、ヨシ江はいつものようにこの部屋で過ごしていた気配があった。

ピンクのラジカセが目に入った。私は置いたままのテープの一つをかけてみた。それは懐

かしのメロディだった。別のテープに替えてみた。「銀座の恋の物語」だった。母の声のすぐあとに柳瀬さんの声が加わった。二人でデュエットしたもののようだった。決して上手ではなかったし、声も合っていなかった。真剣な感じに聞こえるのは、歌い手に余裕がないのだろう。私はテープを巻き戻し元の場所に置いて物思いにふけった。

ヨシ江にとっては生きる張りのようにさえなっていた歌の稽古であった。さぞかしがっかりしていることを想像すると、胸が痛んだ。

翌日、いつもの時間にいつものようにしてヨシ江はやって来た。おはよう、という声にも別段変わりはなかった。私は立ち上がってヨシ江のためにソファを空けた。お茶の用意をしながら、ヨシ江が歌の稽古を止めることになった経緯を話し出すのを待っていたが、ヨシ江はテレビのチャンネルをガチャガチャと変えながら、何もいい出さなかった。

私や姉は、ヨシ江がようやく見つけた楽しみということに神経質になり過ぎていたのだろうか。お茶をいつもより濃く淹れながら私は待ちきれずに、

「歌のお稽古、止めるのだって?」

と自分の方から聞いてみた。しばらく間があってから、

「そうなの、……柳瀬さんの所のお嫁さんが、みっともない、ってさ」

ヨシ江は案外さばさばしたいい方をした。

後半の人生において、仕方がない、と思うことで乗り切って来たと同じように今度も、仕方ない、と思うことにしているのだろうか。

しばらくしてから、

「年寄りの男女が、二人でいたりすると、そんなにみっともないのかねえ」

ぽつんと漏らし、ヨシ江は音もなくお茶を口に含んだ。

湯飲みを両手で抱え一点を見つめたまま、口をつぐんだヨシ江の内面を窺うことはできなかった。

テレビ画面からは、ただ音が流れ出ているだけだった。

老いたきょうだいたち

八王子に住む母の末弟、健二叔父から電話がかかってきたのは、夜の十一時過ぎだった。

「映子、元気かね」

「叔父さんこそ、お元気ですか？」

「きょうだい会をやりたいと思うんだが、おかあさんの調子はどうかね」

母は私の住まいから七、八分のところに、姉家族と住んでいる。あと一ヵ月で九十一歳になる。膝関節炎の痛みの治療で毎日接骨院に通っていて、杖をついてゆっくり歩けるが、遠くまでは行けない。

「みなさんがまたこちらまで出て来てくださるのなら、母も喜ぶと思いますけど」

母のきょうだいは夭折した一人を除き、男四人女三人で母は三番目で二女であったがいまでは一番年長であった。そして現存しているきょうだいは妹一人、弟二人ということになる。

これまで母のきょうだいたちは、十三年前に長兄が亡くなってからも、年に一度は新潟の

「実家」に集まっていた。ところが、義姉が三年前に脳梗塞で倒れ半植物的状態になり、また中越地震もあって中止していた。去年、卒寿になった母の祝いを兼ねて新潟の温泉できょうだい会をやろうという話が出たとき、母の足は自力では長旅に耐えられなくなっていた。私に車椅子を押してもらえば、新潟まで行かれるだろう、と叔父たちはいったのだったが、母は、車椅子に乗るなど絶対に嫌だ、と拒んだ。せっかくの卒寿なのだし、それではみんなが、母の近くに集まろうということになって、八王子、上越、横浜からきょうだい三人が千葉の私の家に集まった。それが去年の十月の私の店の定休日の日であった。

「この前は確か、もうこれできょうだい会も最後だなあ、などといっていたのにね」

いままでは温泉に浸かり、ゆっくり一泊してのきょうだい会だったから、気分ものんびりとできたが、泊まる部屋のない私の家ではいまひとつ落ち着けなかった。それで、歳も歳ということもあって、もうこれが最後かもしれない、あとは死に目に会えるかどうかだ、などと冗談をいい合って去年別れたのだった。

「そのはずだったんだが、上越の兄貴から今年はどうするんだと電話があってね、歳とって兄貴もだんだんさびしくなってきたんだろうねえ」

八王子の健二叔父や横浜のチヨ叔母は、会いたいと思えばいつでも会える距離にいるが、一人離れている上越の金造叔父は、やはりさびしい感情も他のきょうだいよりは強いのかもしれない。

それでは去年と同じように私の店の定休日に合わせてやりましょう、ということに決まった。

翌日、母のところに行って、きょうだい会をすることになったと話すと、

「あら、そおう」

といった。もうすこし喜びを期待していた私は、いささか当てが外れた。

「うれしくないの?」

「そりゃあ、うれしいわよ」

「じゃあ、よかった」

母は週一回デイサービスに通っていて、いまはそれが一番の楽しみになっている。

娘婿との長い間の確執も、母の老いとともにいつのまにか遠い彼方へ流れていって、相変わらず会話は少ないものの、空気のような関係になっていっていた。母の興味は三週間も先のことより、目の前の楽しみに関心が全部向いている、というようだった。

私はさっそく横浜のチヨ叔母に電話した。

「発作が起きなければね、発作が起きないように、祈るしかないわね」

といった。叔母には不整脈の持病があって、月に一、二度発作が起きるのだった。みんな

高齢で、寝込むほどではないが、何かしらの持病を抱えている。当日キャンセルも大いにありうることだった。

「せっかくだから近くのホテルにみんなで泊まったらどうかしら。温泉でないのは残念だけど、泊まることになれば、ゆっくりと落ち着けるしね。この歳になると本当に来年があるかどうかわからないのよ。費用はわたしが持つから」

と叔母はいった、やはり去年のあわただしさが記憶にあったのだろう。たしかに、八十三歳の叔母が二時間近くかけて出て来ても、三時間ほどでもう帰らなければならないというのでは疲れるし、ゆっくりとした気分で話をすることもままならない。

「あんたもホテルに泊まってよね」

懇願するように叔母はいった。私の住まいとホテルは駅を挟んで向かい合っているような位置で、歩いても五分とかからないということを承知で、叔母はいうのだった。母の面倒を見る必要もあったので、私も一緒に泊まることにした。

母はコタツの周りの手の届く範囲に必要なものを置いて、一日中テレビを見たり好きな歌をテープで聴いたりしている。そんな母の部屋の壁にかけられた大きなカレンダーには、きょうだい会の日付に赤丸がしてあった。

「もうすぐね、待ち遠しいでしょう」

耳が遠くなっている母は、テレビの音を大きくしているから私のいうことがよくは聞こえない。テレビを消し、それから、あらためて、

「なあに」

といった。私は大きな声で、

「た、の、し、み、で、しょう」

というと、ようやく聞き取れて、

「そうね」

といった。そして、

「会費は幾らだったかしら」

と財布を探し始めた。

「横浜の叔母さんが、全部出してくれるんですって」

「あら、そうなの。あの子はお金に余裕があるからね、でも悪いねえ」

としばらく財布をいじっていて、それからまたいつもの場所にしまった。

幸い二、三日前から小春日和が続き、誰からも具合が悪くなったという電話は入らなかった。十二時に集合、ということになっていたが、母は九時過ぎにはもう私の住まいにやって

来た。十一時ごろ八王子の健二叔父が、ほとんど時間をおかないで横浜のチヨ叔母が来た。叔母は来るとすぐ私に、お金の入った銀行の袋をそっと差し出した。あとは上越の金造叔父を待つだけであった。去年来たとはいえ、わかるかどうか心配なのでエレベーターで降りていくと、金造叔父がマンションの一階フロアでうろうろしていた。

「オウ、映子か、イヤア、去年来たときとまったく違っていて、わからないからタクシーで来たよ。都会というやつはどうしてこうもすぐに姿を変えるんだろうなあ。運転手が近くだから歩いていけ、というんだけど、俺がわからんのだから、タクシーで行ってくれ、と無理やりタクシーに乗ったら、なんだ、目の前だったじゃないか」

と豪快に笑った。マンションは駅から歩いて三分の距離である。駅前はいま大型開発の最中で、周辺の建物はすべて取り壊されていて、まごつくのも無理はなかった。

九十一、八十三、八十一、七十九、締めて三百三十四歳のきょうだいたち。並んだ顔を見ていると、鼻の丸まり具合や、眉の途切れ具合など、きょうだいたちのどこかの部分が酷似しているのがおもしろい。それは私にも引き継がれている人間存在の不思議であった。

大正の初めから昭和の初めに生まれ、十代、二十代を戦争に翻弄された世代であった。金造叔父は水兵に、健二叔父は通信士、チヨ叔母は傷病兵のいる療養所の看護婦、そして岐阜にある陸軍工廠に勤める夫について行った私の母。彼らはそれぞれの場所で戦争を終えた。

みんな平均寿命を越して、顔にはそれぞれの人生の跡が深く刻まれているが、外見上は元気であった。

ビールで乾杯し、出前のすしを食べはじめると、健二叔父がビデオを取りだした。何年も前から撮りためたきょうだい会のビデオだという。ビデオはすぐに田舎の温泉旅館での宴会の映像が映し出され、叔父たちの長兄も一緒に酒を飲んでいる。

「これはいつごろだったかね」

「兄貴が映っているから十三、四年前かなあ」

きょうだいたちはしばらく画面に見入っていた。母も叔父たちも叔母もカラオケマイクを手に気持ちよさそうに歌っている。しばらくすると、今度の画面からは長兄の姿が消え、他のきょうだいたちや長兄の妻の姿がマイクを握って歌っている。また少しすると、画面では突然健二叔父の解説付きの田舎の風景が映り、陥没した道路や、倒れた墓石、めちゃめちゃになった実家の内部、そしてすぐに義姉の病室の映像に変わった。

「中越地震の直後でしょう」

「家の中は散乱したまま、直していないのね」

「義姉さんがあんなじゃなあ」

脳梗塞で倒れ半植物状態の義姉の姿の映像は、みんなをしんみりとした気分にさせた。長兄夫婦には子どもがいなくて、結局きょうだいたちのよりどころの実家は地震と共になくなった。

食事がすみ、ビデオも終わると、

「おい、映子、歌うところはないか」

と健二叔父がいった。

ビデオでも、みんな陽気に歌っていたが、やはりこのきょうだい会には歌がつきものだ。私が子どものころ、祖父の家にこのきょうだいたちが集まってみんな、よく飲みよく食いよく歌ったものだった。

カラオケも計画に入れてあったので、私は彼らをホテルの近くのカラオケ店に案内した。健二叔父は慣れた手つきで曲をセットし、いつも一番はじめに歌う持ち歌の「湯の町エレジー」を歌った。伸びやかな声は衰えず、相変わらずうまかった。次に母の十八番である「国境の町」が画面に出た。いつも生活に追われていた母が、実家での集まりでこの歌を情感こめて歌っていた姿を、私は思い出したが、マイクを渡された母の歌は、もうかつての母の歌いっぷりではなかった。あれだけうまかった母の歌は音程も狂うし、伸びもない。私は母の好きな民謡や懐メロをセットしたが、どれも音程が狂い、声もかすれていたりと似たようなものだった。

金造叔父は声帯の手術をしたとかで歌わなかった。この叔父は、独特のしゃがれ声で得意の民謡を歌ったものだった。チヨ叔母は「あざみの歌」を声振り絞り歌った。昔と変わらないのは、一番若い、といっても七十九歳になる健二叔父だけだった。

ビデオ映像の登場人物たちも、一人、また一人と姿を消していっていたが、こうしてだんだん人は肉体が衰え、次の世界へとゆっくり押しだされていくのだろう。ここに集っているきょうだいたちも、九十一歳の母を筆頭に、必ず訪れるであろうそう遠くない将来へと向って、見えないエスカレーターで身体も心もゆっくりと運ばれているような気がした。肩を寄せ合っている老いたきょうだいたちを見ていると、氷河の動きのように気づかないほどのスピードであっても、彼らが確実に消え去り行くものの行列に加わっているということを私は急に意識してしまった。私が彼らよりこの世を去るのが遅いという保証はないにしても、にわかにさびしくいとおしい存在に思えた。

予約してあった近くの料理屋に席を移して、夕食となった。昔は酒豪であった金造叔父も、いまでは一滴も飲まない。酒を飲むのは健二叔父だけであった。だいぶ酒の量がすすんでから、叔父は思い出したようにカバンから白い紙を取り出しみんなに配った。

「俺たちの祖父からのものだけど、家系図をつくって見たよ」

健二叔父は末弟ということもあってか、いつもきょうだいたちの何事かをする場合の立案者であり世話役であった。この日もどんなふうにしようかと、前もって考えていたのだろう。

「おまえもマメだなあ」

そういいながらも、みんなはその紙に見入った。家系図といっても、遡れるのは私の曽祖父母までくらいで、細かく書かれているのは叔父たちきょうだいとその子、孫の部分である。それぞれの生年・没年月日が書き込まれている。祖父の川越伊勢松を頂点とするとその傘の下には、子が八人、孫十一人、曾孫十六人、そして玄孫となるのが四人いた。

「しかし、こうやって見てみると、俺たち男はそれなりに暮らして来られたけれど、女きょうだいはみんな苦労の多い人生だったなあ」

しばらく黙って見ていた金造叔父が、しみじみとして家系図から目を上げた。

たしかに、私の知る限りにおいても、早くに亡くなった伯母や母や叔母の越し方は決して平坦ではなかったと思う。

長女であった伯母は婚家の姑に苛め抜かれて追い出され、故郷に帰ってしばらくして三人の子持ちの男性と結婚したが、出産のあと産後の肥立ちが悪くて、四十歳で亡くなっている。

二女である母が、長患いの夫を亡くしたのが四十三歳。私が小学六年、姉が中学三年のときであった。それからは行商をして私たちを育て上げ、のちに結婚した長女と同居したが、娘婿との仲がうまくいかず辛い日々を送った。

三女の叔母は東京大空襲で恋人を亡くし、故郷に帰ってしばらくのち東京の人と縁あって結婚したが、生まれた子どもが一歳のころに離婚した。その子は子どものいない実家の長兄夫婦の養子となり、それから十五年して叔母は再婚した。だが自分が手放した子どもは十九歳のときに亡くなった。

夭折した一人を除けば、まずまずの平均的家庭を営んでいた男兄弟に比べ、三姉妹はそれぞれに家庭運あるいは男運に恵まれなかったといえる。

それでもここ数年、ようやく母も穏やかな晩年を過ごしている。それを見るにつけ、母の人生が一概に不幸といい切ってしまうわけにもいかないかもしれない。叔母にしても、経済的な心配もなく九十一歳の夫と静かに暮らしている現在の生活を、不幸せとはいえないだろう。

健二叔父の持ってきた家系図と金造叔父の呟きにも似た感慨は、老いたきょうだいたちに、はるか昔に共有していた記憶の断片を提供した。盛りだくさんの料理の載ったテーブルの上方の、みんなの頭上あたりに、あたかも村の家や仕来たり、懐かしい人々や食べ物などの記憶が浮遊しはじめたようだ。記憶の断片はそれぞれの切れ端と結びついて、ひとまわり大きな記憶の織物となって、立ち現われてきた。父に叱られて家を追い出されたことも、上級学校に行きたくても行けなかった悔しさも、それを語る者の表情はひたすら穏やかでやわらかい。記憶の織物からは次々と新たな記憶が呼び出され、きょうだいたちは話を弾ませた。

「チヨ姉さんに、どうしてもこの際聞いておきたいことがある」

酒で赤らんだ顔で、突然健二叔父がいった。妙に改まったいい方だったので、みんなは、おや、何をいうのだろう、というふうに健二叔父を見た。

「ところで、ねえさんはどう思っているの、ヨシヒロのことを……」

健二叔父の問いは、みんなにとっても思いがけないものだった。

「そんなこと、何もここで改まって聞かんでもいいじゃないか」

金造叔父がすぐさま間に入って、その話を打ち切りにしようとした。

「もう、六十年以上経っているのだから。そろそろどういうことだったのかはっきりさせてもいいんじゃないかと……」

「やめろよ！　ここでいうことじゃない！」

健二叔父のいいかけた言葉を、金造叔父が再び制した。

「とりあえず、ここはお開きにして、ホテルに帰りましょう」

すでに三時間近く居たので、腰を上げる潮時でもあった。健二叔父の質問は、あたふたとしたなかで話題にする問題ではなかったので、私はホテルに引き上げることを提案した。

「そうね、わたしも疲れたし」

母のひと言でみんなが腰を浮かし始めて、この場での話はひとまず終わった。

みんなは歩いてすぐのホテルに、ぞろぞろと向った。部屋にはもう布団が敷き延べられていた。それぞれが順番に風呂に入っている間に、私は着替えを取りに自宅に帰り、ついでに缶ビールやつまみ、みかんや甘いものなどを買ってきた。みんなは浴衣に着替え布団に寝転んだり、お茶を飲んだりと思い思いの格好でいた。缶ビールをあけ、またひとしきり思い出話に花が咲いたあと、

「こういう機会がこの先あるかどうか。だから俺はやっぱり聞いておきたい。ねえさんは、ヨシヒロは事故だと思っているかね、自殺だと思っているかね」

再び健二叔父が切り出した。料理屋のときのような、ヨシヒロのこと、という曖昧ないい方ではなく、みんながぎょっとするような直截的ないい方であった。一瞬の間のあと、

「そんなこと聴いてどうするんだね」

と金造叔父が不快な表情で切り捨てるようにいった。

「ヨシヒロが亡くなってどれだけの月日が経ったと思う、みんな、どうなんだろう、という思いはあったはずだ。本当のことは誰もわからない、しかし、ねえさんは何十年とヨシヒロの問題に苦しんできた。どのように思って生きてきたのか、俺は知りたいのだ」

子ども時代のほのぼのとした思い出話が一転した。健二叔父が口にした問題は、実家であ

る川越家から派生したきょうだいたちのそれぞれが何十年と抱えて来た痛みの核心部分でもあった。

戦争が終わって四年目、チヨ叔母は一歳の義博を連れて離婚し田舎に戻ってきた。乳飲み子がいれば働けないから、一時実家に預かってもらうためであった。祖父は、義博は子どものいない長男夫婦の養子にする、親子の名のりをしてはいけない、と叔母から引き離した。大学入試時、必要があって取り寄せた書類から、義博は自分がチヨ叔母の子どもだと知った。それから一年近くたった大学の夏休み、帰省中の田舎で車が崖から転落して亡くなったのだった。そのときの状況からして、親戚の間では、自殺ではないか、と声を潜めていうものがあった。

養母の愛情の薄さ、優しかったチヨ叔母が実母と知ったことの衝撃、自分の出生の経緯を知ろうとしたとき、親戚の大人たちは曖昧にして誰一人として義博に向き合わなかったことなどが、彼を人間不信にしたのではないか、などというものだった。また大人たちは義博を不憫な子というふうに見ていたから、その情緒が「もしや」という思いを増幅させてもいた。

健二叔父の問いかけに、チヨ叔母は考え込むようにして沈黙していた。

「人は誰でも踏み込まれたくない場所ってものがある。それはきょうだいだってそうだ。いまさら事故か自殺かなんて聞いてなんになる。本当のことなんて誰が知っているというのだ。

誰もわかりはしないしわかりようもない。だったらみんながそれぞれの胸にしまっておけばよいことだ。いつまで推測に振り回されて苦しめばいいというのだ」

金造叔父が声を荒げて健二叔父にいった。

「それはそうだけど、でもねえさんはどう思って生きてきたのか、ヨシヒロの死はいったいなんだったのか……。俺たちももうそんなに長くは生きていないだろう。暗黙のうちに一族の間でヨシヒロを語ってはいけないことのようにしてきたことが問題なんだ。彼のためにも『ヨシヒロ』を語らなくちゃならないんだよ」

「そうはいったってね……、ねえさんのことも考えてみろ」

金造叔父はまだ気持ちが納まらないようだった。

叔母がお遍路をしながら四国を巡り、また秩父三十四ヵ所を歩きながら、内心の声と対話を続けてきていたことを、私は知っていた。何十年たっても、叔母の心は、自身がそのとき取らざるを得なかった選択の後悔、自責から自由になってはいないのだ、と私は思っていた。

「彼の話をすることも供養ではないか……、そう思ってね。自分の出生について教えてほしいといわれたとき、まだ本当のことを知ってはいないと思っていたから、俺はそのときキチンとヨシヒロと向き合わなかった」

健二叔父には、もしあのとき説明していたら違った状況があったのではないか、という悔恨があった。私の母にしても、夜遅くこれから行ってもよいかと電話がかかってきたとき、娘婿の手前、もう今日は遅いからまた今度、といったことが心に残っていた。それからなん日もしないときに亡くなったのだったから、あのときもし、いらっしゃい、といっていれば、と語ったことがあった。

数十年たっても親族が義博の死に拘るのは、みんな何らかの形で義博の「問い」から逃げたという思いがあるからだった。そして義博の死について、兄夫婦の手前、チヨ叔母の手前、一度も親戚の集まりで語り合ったことがなかったからでもあった。

叔母は一点を見つめたまま黙っていた。その表情からは、叔母の心を読み取ることはできなかった。叔母は義博を手放したそのときから、このように自分の感情を封印して石のように沈黙して来たのだ。そして義博が亡くなってからはさらに深く心を閉ざし、罪の荷を背負って耐えてきたのだ。兄夫婦に育ててもらった、という遠慮もあったろう、と私には思われた。

「……わたしにもわからない……」

みんなの気まずい沈黙が続いたとき、叔母がようやく声にしたというようなかすれ気味の声でつぶやいた。

「いいよ、いいよ、そういうものよ、誰にだってわかりゃしない」

それまで黙ってみんなの話に耳を傾けていた母が、柔らかくチヨ叔母の言葉を制した。金

造叔父も深くうなずいた。だが、叔母は、

「事故だったんだ、と思うときと、……自殺だったのではないか、と思うときと、いまだってわからない……」

そういって叔母は再び口を閉ざした。

「決められることではないんだよ。また決める必要もない」

金造叔父が、もういい、というように話を打ち切った。その一言でなんとなく張り詰めていた場の空気が、ふうっとしたように私には感じられた。私は新しくお茶を淹れなおし、健二叔父のグラスに缶ビールを注いだ。

歳月はチヨ叔母の眼から涙を溢れさすことはなくなったであろうが、心の襞に張り付いている悲傷感は少しも減じてはいなかった。「もうどのくらいたった」のではなく、その時点でそのことに関する時間は停止したのだ。

おそらく、身を裂くほどの辛い体験に言葉は無力に近い。そこには経験した者にしかわからない深い谷がある。かたわらにいる者は、無条件に黙って寄り添うことでしか関われないのかもしれない。悲しみを表現しない分、きょうだいたちは改めて叔母の哀しみの深さと人生の谷の暗さを実感したのだった。

翌朝、バイキング式の朝食を摂り、チェックアウトまでのんびりと部屋で過ごしていると、

金造叔父が、

「さあて来年もまた会えるかどうか、だなあ」

と笑った。

「わたしなんか、もういないかもしれないよ」

母のいい方はまったく実感のこもらない陽気な口調だった。

「あら、わたしの方が持病があるからわからないわよ」

「いやいやこればっかりは年齢じゃないからなあ、映子、お前も気をつけろよ」

命のろうそくがどうなっているのか、誰にもわからない。

新潟へ帰る金造叔父に合わせて健二叔父とチヨ叔母も帰るというので駅で見送り、私は膝が痛いという母を接骨院に連れて行った。

うそ

京成線の普通電車は、ゆっくりと東京都から千葉県へと県境の江戸川鉄橋を渡っていた。あと四つで降車駅だった。

座席はぬくぬくとして温かい。車内は私たち夫婦の他にスマホを操作している若者と居眠りしている中年の女性、その他二、三人だけであった。

年末年始と忙しかった日常から、ただぼんやりと過ごそうという夫の提案で、都心のホテルで二泊三日を過ごしての帰途であった。

うつらうつらしていると、ケータイの微振動が身体に伝わってきた。誰からなのか気になってケータイを取り出して見た画面には、「律子」と表示されていた。

姉である。姉ならばあまり良い話ではない、と直感的に思った。乗客が少ないことをいいことに、私は声を潜めて電話に出た。

「もう駄目、身体が痛くて、もしかして救急車を呼ぶかもしれない……、とにかく、ばあさんとはもう一緒に暮らせない」

切羽詰まった姉の声であった。私は俄かには状況が飲み込めなかった。車内であることもかまわず、

「何があったの、どうしたの」

と問いただした。

「ばあさんはホームに入れる。もう家には置けない」

姉の言葉からは揺るぎのない意志が感じられた。

「いま電車のなか、帰ったらすぐにそっちに行くから」

私は電話を切ったものの、誰とも会話のないまま四畳半の自室で一日中テレビを見ている母・ヨシ江の姿と、母のことを話すときの姉の渋面が浮かんできて、思わずため息がもれた。

電話でのわずかな会話のなかからあれこれ推し測ってみたが、これほど急な展開の理由はわからなかった。ただ、姉が崖っぷちに立っていることだけは感じ取れた。

「何かあったの」

切迫したような電話の受け答えに、隣の夫が心配そうに声をかけてきた。

「おねえさんとおかあさんの間で何かがあったみたい……」

「帰ったらすぐにお姉さんの所に行った方がいいよ」

「うん、そうする」

楽しかった二泊三日の余韻は、もう私の頭のなかから吹き飛んでいた。

姉は常日頃から母との折り合いがよくなかった。母の言動のいちいちに反応し、嫌悪を露わにしていた。食事や洗濯、入浴など日常生活の一切の面倒を見ているのだが、用事以外のさりげない会話というものがほとんどなかった。

母は九十七歳である。あと一、二年、あるいは三、四年の我慢、そんなふうにしてここ数年を凌いできたのだが、姉にはそれも限界に達したということなのだろうか。


一日四往復しか汽車が走らない新潟県の雪深い寒村で生まれ育った私たち姉妹は、私が小学六年、姉が中学三年の秋に父を亡くした。それ以前から、病弱だった父に代わって母は行商しながら私たちを育てた。中学を卒業して隣村の母の実家の手伝いをしていた姉は、その後知人の伝手で上京した。私は高校卒業と同時に東京のデパートに就職した。姉は二十歳で同じ職場の和菓子職人と結婚し、出産を機に、一人暮らしをしていた母を田舎から呼び寄せたのだった。年を取ってから一緒になるより、孫の面倒や家の手伝いができるうちに同居した方がのちのちいいだろう、というのが、二十一歳と十八歳の姉妹の精一杯の知恵であった。

母は五十歳のとき、故郷を離れた。

一日も一緒に暮らせない、というなら母をどこにやったらよいのか。姉は、ホームに入れる、というが特別養護老人ホームは四、五百人待ちもざらだと聞く。どこの老人ホームにしろ、入りたいときに入れるというわけにはいかない。だとすれば、とにかく明日をどうすればよいのか。受け入れる場所がどこにあるのか。

停車駅まで私は、どこかに移すしかない母のことをあれこれと思案していた。

長い間喫茶店を経営してきた私は六十歳を過ぎて結婚し、その生活もまだ三年足らずだった。住環境や夫との関係からも、母を引き取ることは難しかった。そう心の内でいい訳しつつ、心が疼かないではなかった。

叔母さんの住むマンションはどうだろうか……。叔母がうんというだろうか……、いや、承諾してもらうしかない。

チヨ叔母は、母と七つ違いの九十歳であった。

叔母は老人ホームに入って一年半で夫を亡くした。その後風邪から下痢をしたことでノロウイルスを疑われ、二週間部屋に留め置かれるということが起きた。何よりノロウイルス騒動の原因が自分にあるといわれたことは、七十過ぎまで看護婦として働いてきた叔母にとって耐え難い屈辱であった。叔母は、「こんな屈辱に耐えられない」と泣いて私に訴えてきたことから、私が結婚してから空室にしていたマンションの一室に呼び寄せたという経緯があった。

その一室は私の所有でもあるのだし、緊急事態のなかでチヨ叔母の姉、私の母を一時的に同居させたいと頼んでも嫌とはいわないだろう、いや、いえないに違いない、そんなふうに考えた。

帰宅すると着替えもせずに、私は自転車で叔母の住むマンションに向かった。

築三十五年の建物とはいえ駅前で、医療関係から日用雑貨、食料品とすべてが揃うという地の利で、高齢の叔母も特別不自由なく自立して暮らしていた。

入口のドアホンを押しても反応がない。耳の遠い叔母だから、いつものことであった。私は合鍵でドアを開け、部屋に入っていった。叔母は本を読んでいて私に気付かない。

「こんにちは」

そばまで行って声をかけると、

「あっ、あー驚いた！」

本から目を離すと、叔母は驚きの表情のまま私を見上げた。それから、

「ご主人と旅行に行っていたのでしょ、どうだった？」

と眼鏡をはずし、本を脇にのけながらいった。

「楽しかったわよ」

一日中一人でいる叔母だったから、話し相手を求めているはずだ。ホテルで過した話でもして、それから本題に入った方が叔母に対して優しい態度だとは分かっていた。だが、私にその余裕がなかった。

「ところで相談があるのだけど」

「なあに、どうしたの？」

好奇心を露わにして、叔母は私に問いかけた。そのまなざしには、単調な日々へのひとしずくのような期待がこもっていた。

「しばらく、おかあさんをここに預かってほしいのよ。おねえさんがもう一緒に暮らせないって」

私は単刀直入に切り出した。

「おねえさんの身体がぼろぼろになってね、救急車を呼ぶようになるかもしれない、もう一日たりともおかあさんと一緒に暮らせないってところまで来ているようなの」

何日かぶりに顔を出した私の話がこれであった。叔母は黙ったまま一点を凝視していた。だいぶたって口を開いた叔母は、

「わたしだって九十だよ、自分のことだけで精いっぱいで、人の面倒なんてとても見られない」

と吐息のような声でいった。

「わたしがすぐに老人ホームを探す。見つかるまでの一時的ということなの。それに取りあえずは自分のことはできるから、面倒見なくてもいいいと思う」

「洗濯はどうするの？」

「それはわたしがやりに来る」

「食事は？」

「わたしが届けるか、宅配に頼むから。お風呂も一人で入れるし」

しかし叔母は、うーん、といったきりまた黙った。

自分の姉の問題だということ、私の切羽詰まった頼みだということ、そして自分が住んでいるこの部屋は私の所有だということ、自分の身体のこと、叔母はさまざまなことを考えているのだろう。優位の立場から物をいっているのだということを、私は十分に承知している。しかし、私はこれしか思いつかなかった。

どのくらいお互い沈黙していたのか、私は後に引けなかった。しかしようやく叔母は重い口を開いた。

「ホームに入るまで、というなら……」

「とにかくすぐにホームを探すから。ごめんね」

「どのくらいで」

「……一ヵ月以内に」
「一ヵ月ね」
叔母の重い気持ちになるべく気づかないふりをして、あたふたと叔母の部屋を後にした。いつもなら私が帰るときには必ず玄関まで送ってくる叔母であったが、叔母は腰を上げなかった。

四十代で再婚した叔母夫婦の平凡で穏やかな日常が崩れ始めたのは、義理の息子が定年を間近にして脳梗塞で倒れ半身不随の身になったことからだった。その三ヵ月後に今度は叔母自身が脳梗塞で倒れた。八十四歳であった。幸い一ヵ月で退院でき後遺症も軽微であった。しかし身体的不安と耳の遠い九十二歳の夫との二人暮らし、何かあったときに頼りにできる者がいなくなった不安のなかで、叔母夫婦は悩んだ末に老人ホームに入ることを決断したのだった。老人ホーム入居を決断してから私のところに辿り着くことになるまでわずか四年。この部屋に住んでようやく二年、心も暮らしも落ち着き始めたばかりの九十歳の暮らしにまた波風を立たせてしまう。

姉はコタツに入ってごろんと横になっていた。電気も点けない、薄暗い部屋にはテレビの画面だけが青白い光を放っていた。私は黙ってコタツのそばに坐った。姉は無表情に私の方をちらと見、再びテレビに顔を向けた。しばらくしてからようやく起きようとして、痛みに顔をしかめた。私が背中を支えて起き上がらせようとすると、痛い、痛い、触らないで、と悲鳴を上げた。姉はのろのろとした動作でリモコンを操作して電燈を点けた。明るくなった部屋で、彼女の表情は陰気に暗く、顔も浮腫んでいる。

「で、どういうことなの」

「どういうことって、もうあのひととは一緒に住めないってこと。もう駄目」

姉は泣いたあとのような鼻の詰まった声であった。何か声をかけたらまた泣き出しそうな、それをこらえるように喉元をぐっと締めた。

「ここが急に、こんなに腫れてきた。首も動かせない」

鎖骨のあたりを手で撫でながら示した。確かに右側の鎖骨あたりがぷっくりと腫れ上がっている。肩に湿布が貼ってあるのが見えた。身体中が悲鳴を上げている姉の姿は痛々しかった。

「おかあさんを老人ホームに入れましょう」

私は断定的にいった。姉は返事をしなかった。

「ただ、いますぐに入れるかどうか、これからいろいろなところを当たって見なければならない。当面、叔母さんのマンションに移ってもらうことにさっき了解を得てきたから、明日、移動させるわ」

私は結論をいった。すると姉は、

「……昨日、もう駄目だと思って家族会議をしようと、あんたに電話したけど繋がらなかった。息子の電話も繋がらない。だから、ああ、これはもう少し我慢をしなさい、と神様がわたしに課しているのかもしれない、と思った。だからもう少し我慢しようと……、だけど今朝になって、やっぱり限界だった」

と押し出すようにいった。しかし今朝の何がきっかけだったのか、姉は具体的なことは何もいわなかった。日常のどんな些細なことでも、それがすでに一触即発の状況にまでなっていたということだった。姉の憔悴した表情はそれを物語っていた。


豪雪地帯で男手のない家でひと冬を過ごすのは大変なことだった。姉は中学からずっと、その男手の役割を母と一緒に担ってきた。冬の盛りには朝、昼、晩と三回も四回も道を踏み固めなければならない日もある。自分の家の前だけでなく、隣の家の玄関先まで雪を踏みつけて、道をつけるのである。隣の家はその隣の家まで道をつける。そうして次々と一本の道が繋がり、子どもたちが学校に行くのに、あるいは働きに行く人たちのために道ができる。これらのことは、村の知恵・暗黙の了解事項であった。雪国で生きて行くため誰も逃れられれない当然のことだった。また、雪の重みで家がつぶれないように、梯子をかけて屋根に上り雪下ろしをするのである。姉は中学校に上がるか上がらないかの年ごろから雪道を踏み、学校から帰ってきて母と同じように雪下ろしをした。

またわずかに所有していた田んぼの田植えや稲刈りの農作業も、姉は大人と同じ労働の担い手であった。三つ違いの私も道踏みや雪下ろし、田植えなどをやったが、それは子どものお手伝いであった。母が行商で遅くなれば、姉が食事の支度をした。私は日常の仕事に責任はなかったが、姉はそれらをやらなければならないこととしてあった。三つ違いであっても、私はまるっきり力無しで意気地なしで甘ったれであった。小学生のころ、私はいじめられてよく学校の下駄箱の陰で泣いていた。そんな私を姉は歯がゆがりながら、引っ張って家に連れ帰ったりした。

姉が千葉県の知人の伝手で故郷を後にしたのは、私が中学三年生のときであった。私はもう、雪下ろしも道踏みも田植えも稲刈りも、ほぼ一人前にこなせるようになっていた。姉は家から離れることで、肩にのしかかっていた重荷からある程度解放されたかもしれなかった。それでも長女としての責任をいつも背負っていたのではないだろうか。

「具体的には、どういうことがあったの」

「具体的なんて！　そんなこと、話したって、どうせくだらないようなこと」

姉は吐き捨てた。それはそうかもしれなかった。

姉はいつも安楽な状況にいる私に文句も要求もしなかった。いまも姉の苦痛にゆがんだ顔からは、母のことで何もしなかった私を責める表情は浮かばなかった。

私は叔母の老人ホーム入居までの一切に係わったことがあったから、段取りを説明し始めた。

まず、おかあさんを叔母さんの住まいに一時的に移す、その間に老人ホームを探し、見つかり次第入居させる、これらのことはすべて私一人でやるから一切に関わらなくてよい、といった。姉は黙ったままであった。

義兄の良治が二階から降りてきた。

私は姉に話したことを義兄にも同じように説明した。

「ばあさんが納得するか……」

と義兄はいった。

長い間確執のあった義兄と母との関係は、いまではおもてだって波風の立つことがなくなっていた。母に軽度の認知症が入ってきたこともあるかもしれない。また、姉が居酒屋を始めたことによって得た経済力が、職人気質の義兄に不甲斐なさといった弱気をもたらしたのかもしれない。母の部屋から咳が聞こえてきたりすると、義兄は、ばあさん、どこか具合でも悪いんじゃないのか、ちょっと見てきたら、と姉にいう。姉の方は、大したことないわよ、と動じない。食事のあり方で姉は母への不快感を表す。食卓で何気なく、これあんまりおいしくないね、などという母の言葉に姉は強く反発した。自分の皿にあるあと一切れを母が残したりすると、あれだけ貧しかったのに物を粗末にする、と姉は嫌な顔をする。夫と母の間に立っているときと違い、より直接的になったのかもしれない。

「わたしがこれから話してきます」

私は義兄にそういうと、母の部屋に行った。母はベッドに寄りかかり居眠りしていた。部屋のなかはテレビの音でガンガンしていた。

「こんにちは」

私は肩を軽く叩いた。

「あら、あんた、どうしたの」

母はパッと目を開け、何の屈託もなさそうに私を見上げた。そしてテレビを消した。

「どう、元気？　何か変わったことない？」

私は話のきっかけをどこからにしようか思案しながら、母に話しかけた。

「何か変わったことって、ないねえ……。年寄りに何か変わったことって、死ぬときでしょうよ」

と母は笑った。

「まあ、そうだね。……ところで相談があるのだけど」

「なんなの、どうしたの」

母は、じれったそうに私の言葉の先を急かした。

「……実は、おねえさんが身体を壊して病院に行かなければならなくなったのよ」

「律子が身体を壊したって？　どこが悪いの」

それまでゆったりとしていた母が急にシャッキっとして聞き返した。

「どこがって……、まだわからないのよ、これから検査しなくては」

「それで律子は入院するの？」

「明日から検査でね」

母は黙った。おそらく母の脳裏には、三十数年前のことが浮かんでいるにちがいなかった。


姉の律子は、三十一歳のとき胃癌の手術をした。子どもはまだ九歳と五歳であった。私は喫茶店を開業する夢を持って着々と準備していたが、店と子どもたちの世話のため計画より早く会社を辞め、姉たちの家で姉の代わりとして商売や家事や子どもの授業参観などの役割を担った。私たち家族は死を意識しながらも、姉には胃潰瘍だということにして真の病名を隠し通した。手術時の輸血から血清肝炎になった姉の血液検査の結果に一喜一憂しながら、子どもたちが寝たあとの居間で、ぼそぼそと先行きのわからない不安を共有した。姉が不調を訴えれば、私たちは、すわ再発か、と不安におののいた。母は毎朝晩仏壇に手を合わせ、あの子は運の強い子だから大丈夫、と自分にいい聞かせるようにいったものだった。

母の沈黙を破るように、

「それでね、しばらく叔母さんのところに移ってほしいのよ」

やっと私は本題に入った。

「なんでわたしがチヨの所に行かなくちゃならないの？」

「おねえさんが検査や入院ということになったら、おかあさんの面倒を見る人がいなくなるでしょ」

「面倒なんか見てもらわなくても、自分のことは自分でできるよ」

母はいま聞いたこともすぐに忘れる。だが、自分の身の回りのことは自分でしていた。しばらくするとまた、

「律子がどうしたの？」

と聞いてきた。

「おねえさんの身体が壊れて入院しなくちゃならなくなったのよ。だから、しばらくの間、叔母さんのところに行っていてほしいの」

「どうして、ここでいいよ、律子がいるでしょ」

「だからぁ、とにかくおねえさんがいなくなるから、おかあさんは叔母さんの所に明日引越すからね」

私は説得をあきらめて、明日引越しだ、と宣言した。母は不思議そうに、それでもこの家で何かが起きているらしいことは感じたのだろうか、それきりグダグダいわなくなった。

私は後ろめたかった。黙って母に寄り添うようにして母の温もりを感じながら坐っていた。母はずっと繋がらない頭の回路を辿っているようだった。そのうち得心したのか消えているテレビ画面を見つめたまま、

「じゃあ、明日チヨの所に行くの？」

といった。

「そうよ」

「何を持って行ったらいいの？」

「それはわたしが全部用意するから心配しなくていいわよ」

ふーん、といいながらわかったのかわからないのか、母はまた心を彷徨わせているようだった。私は急に小さくなったような母の丸い背中を、優しいもの悲しい気分でさすっていた。

「わたしはここでいい」

しばらくして、母はいった。

「とにかく、このままではおねえさんの身体が持たないから、しばらく我慢して！　みんな、我慢しなくちゃならないのだから」

母に寄り添おうとした気持ちは吹っ飛び、私は声を荒げて母との話を打ち切って立ち上がった。

明日移ることを話したと告げても、姉の暗い表情は変わらなかった。義兄はどこかに出かけたのか、いなかった。その場で甥の憲太に電話して、明日母のベッドやコタツ、テレビなどを運んでくれるようにと、私は憂いにつかまえられないようにてきぱきと事を進めた。

帰宅して一部始終を夫に話した。

「そうか、君も大変になるなあ」

一回り以上違う夫だったから、私は具体的な相談をしようとは思わなかった。これから大変になるだろうことだけ理解してくれたらそれでよかった。

その夜、私はネットで市内の老人ホームを検索した。

介護2である母を金銭的なこともあるから特別養護老人ホームに入れたかったが、何百人もの待機者がいて、すぐには入れないことはわかっていた。

叔母のときもそうであったが、入居にあたっての一番の条件は、住み心地がいいかどうかより、どのくらい費用が掛かるかであった。叔母は看護婦として長い年月働いてきたから、そこそこの年金と貯金もあった。

母は田舎にいたころは行商をしていてかつかつの暮らしだったし、姉と同居してからは小遣い程度を姉夫婦からもらっていた。私が母に小遣いをあげられるようになったのは、三十歳で開業した喫茶店が順調にいき出したころからであった。いったい母の貯金は幾らくらいあるのだろう。

入居金ゼロの施設がいくつか見つかった。しかし月々の施設への支払は経費を入れたら二十万近くかかる。それをこれから何年か先まで負担する力は、私には心許ない。夜も遅かったので、私は一応の目安だけを頭に入れるにとどめた。

翌日、九時前に叔母の所に行き、テーブルや椅子を動かし、あたふたと母の居場所を整えた。叔母は私の後ろで何を手伝ったらよいのかとうろうろしている。

このマンションは2LDKで、叔母のいまいる部屋は奥の八畳、私が住んでいたとき書斎にしていた四畳半をいまは納戸にしている。十三畳のリビングを仕切って、母の居場所を作るつもりだった。

憲太から、マンションのロビーに着いた、とケータイに連絡が入った。叔母はそれを聞いて一階まで迎えに出て行った。

母は杖を突き、叔母に支えられてやって来た。

「おはよう」

私の声掛けに、母はきょとんとして、

「どうしたの？　何をするの？」

と自分の置かれた状況を認識できないまま、不安を露わにしていた。

「危ないから、ちょっとそっちに行っていて」

事情が飲み込めない母を、叔母に預けた。

「ほら、映子の邪魔になるから、こっちの部屋にいましょう」

叔母が母の手を取って、八畳の叔母の部屋に連れて行った。だが母は落ち着かないらしく、すぐに部屋を出てきて、じっと私の立ち働くところを見ている。

憲太が折り畳みベッドを運び入れた。それから、ふとん、コタツ、母の衣服が入った袋など次々に運び込んでくる。とはいっても引越し荷物はあとテレビだけである。タンスを動かして壁のように仕切りをつくり、ベッドを設え、コタツ、テレビを置くと少しは母の前の部屋に似てきた。

「もうここに腰を下ろしてもいいわよ」

ほぼ部屋の形ができたころ、母をテレビの前の定位置となる場所にいざなった。すぐ手が伸ばせるところに電気ポットを、コタツの上には薬やこまごましたものを入れる小引出しを置いた。私が何年も前にプレゼントした犬のぬいぐるみも並べた。その犬の脇腹には〝映子から〟と薄く剝げかかった文字が読めた。

定位置に坐った母は、しかし、

「わたしは何が何だかわからない」

と不安を露わにして繰り返した。確かに何度話しても堂々巡りで、結局は理解しないまま、あれよあれよという間にここに連れて来られたのだから、何が何だかわからない、のも無理なかった。

「おねえさんの具合が悪いから、しばらくここにいてほしいって、昨日話したでしょ」

「律子が？　どこが悪いの、医者に行ったの？」

「今日は検査をするだけだから、大丈夫よ」

「じゃあ、店はどうするの？」

「お店も休むわよ」

「店なんて、閉めてしまえばいいのに」

「そうはいかないでしょ、生活があるんだから」

人の置かれた状況を考えないですぐに、店を閉めてしまえばいい、といってしまうような母の言動も、姉の神経を逆なでしていたのだろう。

母にとって、姉の具合の悪いのは居酒屋の仕事が忙しくて身体を壊したのだ、と思ったらしい。

「わたしは一人でも大丈夫だよ」

繰り返す母に、私はまた同じことを最初からいい聞かせた。


十八歳で上京した律子は和菓子屋に住み込みで働き、二十歳で同じ職場の職人の良治と結婚し、同時に独立して店を持った。田舎から出てきて二年しかたっていなかった。八歳年上の夫に従っていればよかったから、商売を廃業するまでは店以外の世間をほとんど知らないできた。和菓子屋を廃業したあと店舗を改装して居酒屋を始めた。世間を知らないままできた律子にとってまったく新しい世界、自分が主体の商売で、生き生きと働き始めた。いままでは、店は自分の精神にとって救いだとまで律子はいっていた。客との会話から見えるさまざまな人生から、母のことだけにかかずらう視点を少し脇に置いたり、似たような状況の客との会話で、母への鬱憤を薄めることもできた。仕入れや仕込み、後片付けなどで一日十時間近くを一人で働き、合間には家事をこなしていたが、仕事に苦労を感じなかった。律子にとって店は、母のことを頭の隅からちょっと追い出せる場所だったのだ。社会への目を開かせてくれる窓でもあった。

いつの間にか、叔母は自分の部屋に入って扉を閉めていた。母が同居したとしても、自分の生活スタイルは守る、と意思表示しているようだった。

叔母の部屋からおしゃべり人形のミルちゃんの「夕焼け小焼け」を歌う声が聞こえてきた。叔母がこの部屋に移り住んで半年ほどたったころ、話し相手として通販で買った人形だ。

母はテレビを見ている。叔母は自分の部屋にいる。別々の部屋にいる老いた姉妹の間に流れる「夕焼け小焼け」は、同居初日であるだけになんとも私をやるせない思いにさせた。

納得しない母をどうにか騙しなだめて、私は帰ってきた。

翌朝叔母から、おばあちゃんが帰るって荷物をまとめているから早く来て、と悲鳴のような電話が入った。

自転車を飛ばして叔母の部屋に向かった。ドアを開けると、母は身支度をしてドアの前に坐っていた。昨日持ってきた衣類の入った袋も、電気ポットも薬入れも揃えて玄関口に持って来てある。折り畳みベッドも二つに折ってある。

「わたしは帰るからね、どうしてこんなところにいるの?」

私を見るなり、いらいらした甲高い声でいい、杖に力を入れて立ち上がった。

「朝からこうなのよ、映子を呼べってきかないのよ」

叔母はほとほと困り果てたといった顔をしていた。九十七歳で杖を突いてもよたよたと歩いている母が、一人でベッドを折り畳み、荷物をまとめたのだった。

「ねえ、どうしたの。しばらくここにいるしかないのよ、家には帰れないのよ」

私は折り畳みベッドを再び伸ばしながら、母に優しく話しかけた。

「なんで帰れないの? 自分の家でしょ」

私はまた一から説明した。叔母が、いくら説明したってすぐに忘れるわよ、と匙を投げたといったふうに脇から口を挟んだ。

自分の状況を覚えていないから帰るといい出すのかもしれない。それなら、忘れないようにすればいい。私は大きな紙に、「律子が入院したから、しばらくここにいるしかないのよ映子」と太いマジックで書いた紙をコタツの真ん中に貼った。そしてそれを指しながら、ゆっくり念を押すように同じことを繰り返した。

母は、律子が入院した、と書かれた紙にじっと目を落としていた。あれほど、どうして、

なぜ、と繰り返していたのに、急に何もいわなくなった。心配になってきて、私の方が口を開こうとしたそのとき、

「それじゃあ、仕方ないね」

といった。

癌騒動の恐怖がまたよぎったのだろうか。それとも束の間正気な部分が勝ったのか。あるいは、三十数年も前のことであっても、味わった絶望の淵の記憶はしっかりと残っていた、ということだろうか。

私は、もう一度母の部屋を元通りに設えて、とりあえず今日は大丈夫だと思う、でも、何かあったら電話してね、すぐ来るから、と叔母に伝えて帰ってきた。

午後、車を持っている友人の原田さんにお願いして、施設巡りをすることになっていた。原田さんは八年前に母親を、「特養老人ホーム」に入所させていた。

最初に調べてあった施設「ハーモニー若原」は車で十五分ほどである。まだ建って四ヵ月とのことであった。借地のため入居金がいらないということ、住宅型有料老人ホームという形態だということであった。介護付きと住宅型の違いは、施設の運営と介護事業者が別であるということだけで、入居者が受ける介護サービスは全く同じだ、との説明であった。この施設は、私が目星をつけておいた老人ホームのなかで一番金額が低かった。特養老人ホーム

に移った人がいるので、ちょうど一室空きがあるといった。空室があったと聞いて私はほっとした。仮予約をして、二、三日中に返事をすればよいということだった。

もう一件、カーナビで探して行ったのだが、外見が荒れていたから、案内を乞うことさえやめにした。結局「ハーモニー若原」に決めようと心づもりした。

私は叔母に施設が見つかりそうだと電話を入れた。すると叔母は私の電話を待っていたように、大変だったのよ、と急き込んだ。

「お昼前に律子がおばあちゃんの着替えを持ってきて顔を合わせてしまったのよ。おばあちゃんは、怪訝な顔をして律子、もういいのかいって。だからわたしは咄嗟に一時退院なの、って誤魔化した。律子はあたふたと帰ったわ」

叔母の説明で母は一応納得したようだった、とそのときの大変さと、咄嗟についた自分の嘘のおかしさを笑った。母を中心にして演じられる嘘と誤魔化しの「悲喜劇」の一幕であった。母は本当に騙されたのか、あるいは騙された振りをした方がよいと思ったからか、本当のところはわからない。

施設の当てができたことで、費用について姉と話し合わねばならなかった。私は原田さんと別れた後、自転車で姉の家に向かった。身体中の痛さで悲鳴を上げていた姉だったが、母の姿を見なくてよくなったからか、店は一日休んだだけでもう仕込みを始めているところだった。

「おかあさんと鉢合わせしたんだって？」

姉は叔母が笑ったその状況には一言も触れなかった。

「おかあさんには、あなたが入院することになった、ということにしたからね。今日老人ホーム探しに行って来たのだけど、一室空きがあったから仮予約を入れてきたわ。ところでおかあさんって、どのくらいお金を持っているの？」

母のお金の管理は姉がすべてやっていた。姉は、郵便局の通帳を持ってきた。

「……四百万ちょっと」

「へえー、結構あるわね」

差し出された母の通帳を見ながら、私は驚きの声を上げた。

よくぞそんなに持っていたものだ。私は内心ほっとしながらも驚いた。おそらく母は姉たちと同居したときから、わずかな小遣いのなかから二千円とか三千円とかを、まだ利率もよく十年で倍近くになった郵便局に定額預金していたのだろう。通帳に記入された細かな数字は母の人生の汗であった。

母の持ち金で二年と少しは住むことができる。九十七歳の母は百歳までは老人ホームで暮らすことができるかもしれない。私も少しは出せるし、夫も協力してくれるだろう。それにいまから予約しておけばそのころには「特養」の順番も回ってくるかもしれない。

母の年金は月およそ二万円。一般的国民年金の平均的受給額は月六万前後だろうか。これでは特養どころか日々の暮らしさえ困難だ。超高齢化社会に向かって生き続けることは難しい。母の残存年数を想定しながら親の長生きが不安の種になる社会に愕然としつつ、私は目の前のことを処理しなければならなかった。

さっそく「ハーモニー若原」に入居したいと電話を入れた。施設からは、医師の診断書や住民票が必要になるから、明日契約に来ていただくとそれからおよそ二週間はかかります、といわれた。叔母との約束の一ヵ月には間に合いそうだった。

母が叔母の所に移ったことで、介護サービスなどのことで相談したい、と担当していたケアマネージャーの牧野さんから電話が入った。私は待ち合わせた時間の少し前に部屋の外で落ち合い、姉が身体を壊して入院しているのでしばらく家に帰れないからここに移ったのだ、と母には話してある、と事情を説明した。牧野さんは了解してくれた。

「高橋さん、こんにちは」

「あら、こんにちは」

牧野さんは、母と向かい合うように坐った。母は、いつもの親しい人、という受け答えであった。

「高橋さん、ここはどこだかわかる？」

「どこって？」

「じゃあ、誰の家、とか、誰が住んでいるとか、ということは？」

「誰の家……、それは映子の家でしょ、映子が何千万も出して買った家だよ」

母は誇らしそうにいった。何千万などというのを聞いて、私は思わずくすっと笑ってしまった。確かに私の持ち家だが、中古で買ったからとてもそんな高額ではないのに、マンションとはその位するものとの母の思い込みがおかしかった。

「いま誰が住んでいるの」

「いま？」

母はしばらく考えてから、答えがわかったと嬉しそうな声で、

「いまは、チヨですよ。妹のチヨが住んでいる」

と答えた。

「そうですよね。でもマンションは、一人では住めないのよ、ルールに従わないと、例えば自分でごみを出すとか」

私は牧野さんがどういう方向に持っていきたいのか、なかなか摑めなかった。母も理解しようと一生懸命耳を傾けていた。牧野さんはその後も、チヨさんは年寄りで高橋さんの面倒

は見られない、だとか、マンションに住むにはみんながやらなければならないことがあって、それができない人はここに長くは住めない、などといった。母はじっと黙って聞いていた。が、突然、

「あんたはくどくどと回りくどいことをいっているが、要するにわたしを老人ホームに入れたいんでしょ、わたしは嫌だからね、絶対嫌だ」

声高に、怒りを爆発させ、そのあとむっとして押し黙った。しばらくしてまた怒りが込み上げて来て、

「みんなしてわたしを馬鹿にして。ああイヤだ、イヤだ、馬鹿にするにもほどがある」

と再び興奮した。

「いまはこの話はやめましょう」

こんな母を見たことがなかった。私は小さな声で牧野さんに伝えた。牧野さんも母の怒りに仰天して言葉もなかった。牧野さんは、何とか母がスムーズに老人ホームに移れるように、と配慮してのことだったのだろう。しかし認知症があるといっても、牧野さんの話の持っていき方に母が怒るもの無理はなかった。

私は牧野さんに、今日有料老人ホームに入居が決まった、特養にも申し込んでおくつもりだ、と話した。小さな声で話している私たちを母は興味深そうに見ているが、耳の遠い母に

とってその話の内容は聞こえていない。その顔から、さっきの興奮した怒りの表情が消えていった。怒ったことを忘れたのか、他に関心が移ったのか……。

母が落ち着いたのを見て、牧野さんは母が叔母と住んでいる間の介護サービスとして、週一回の洗濯と、デイサービスに行くときの見送り、お迎えを追加したらどうかと提案した。そして、もっと早くからお姉さんが困難な状況を話してくれていたら方法があったのに、家族が全部背負おうとして共倒れになる場合もあるのだから、ともいった。おばあちゃんのことで何かありますか、と聞いても姉は、母に関することは苛立ちや、不愉快や困難なことなどを含めて一切口にしなかったという。母を話題にすることすら苦痛だったというのだろうか。

私はその足で姉宅に行き、一緒に暮らせないならそのことを話してほしかった、そうすればもっと早く対処できたのに、と牧野さんにいわれたことを話した。

「人から見たらどれもこれも些細なことだろうけど、もうそれが喉元まで詰まっている。その一つ一つをあげようとするだけで気分が悪くなってくる。何十年も家のことをしてくれた恩義は十分に感じている。でもこの十年間でもうそんなことは……」

返した、と姉はいいたかったのかもしれないが、そこで言葉を呑み込んだ。

出産を機に母と同居をした姉は、子どもの世話から家事のほとんどを母に任せて家業に専念した。商売が順調で店舗付住宅を購入した後は、それまでの借店舗をそのまま支店として、そちらの販売を母が一手に引き受けてやってきたのだった。

あのころ、まだまだ日本の伝統の一年の行事のなかに和菓子屋はしっかり組み込まれていた。一月にはお茶席用の上生菓子、ひな祭りには桜餅、端午の節句の柏餅、春秋の彼岸にはおはぎ、お盆の団子、十五夜団子。季節季節の餅菓子が飛ぶように売れた。その上、祝事には赤飯、年の最後には伸し餅、鏡餅があった。

和菓子屋は四季折々の行事で成り立っているようなものだった。会社勤めだった私は、三月三日も五月五日も休暇を取って手伝った。あのころ、小さな女の子のいる家では近所や親戚、お世話になった方々へと桜餅を何箱も予約注文する人が多かった。だから私たちだけでは間に合わず、近所のおばさんにアルバイトを頼むこともあった。和菓子屋時代は、母の手なくしては成り立たなかっただろう。時代の流れのなかで和菓子屋も商売不振となって、いよいよ廃業となったとき、母は八十二歳になっていた。

「『ハーモニー若原』に入居を申し込んだわ。申込金ゼロ、月々十七、八万。ここから車で三十分位、おかあさんの貯金で取りあえずは賄える」

「その後はどうなるの、あれだけ口も達者だから……」

姉のいいたいことはわかった。長生きするだろう、百歳は楽に生きそうだ、そのとき、お金はどうなる。しかしこの思いを口にすれば、そんなに長生きしないでほしい、露骨にいえば早く死んでほしいということになりかねない。だがこの先、どんな状態になっても長生きしてほしいなどとそう簡単にいいきれるだろうか。だからといって早く死んでほしいなどと思うのではない。人の命はどうあったらよいのだろう。叔母の方は常々、長生きし過ぎた、といっている。母の方は、私はまだまだ生きそうだ、といっていた。

「特養老人ホームに申し込んでおいて、そのころには介護3になって入居資格ができるかもしれないし、まあ、先々のことを考えてもしようがない。とにかくいまできることで最善を考えましょう」

私は、おおよその道筋を説明した。

介護2より介護3になった方がよいわけがない。しかし、介護3以上でなければ特養には入れないのだった。

「おねえさんが入院したといったら、じゃあ仕方ないね、だって。あなたが癌の手術をしたときのショックがおかあさんにはトラウマになっているのかもね、でもすぐに忘れるけど」

姉の目じりから涙が流れた。嗚咽ではない。つーっと目じりから水分が流れてきた、のだった。

私は姉の涙にうろたえた。泣いたり喚いたりして、私が何もしてこなかったことを詰られたらもう少し気が楽だっただろう。しかし姉は何もいわなかった。

母は落ち着かなかった。やはり自分の置かれた状況を理解できなかった。毎朝、私は叔母から電話がかかって来ないように、と願った。しかし、朝かかって来なければ夕方同じように、帰る、といって荷物を玄関に集めた。その都度私は自転車で駆け付けたが、姉の年月に比べれば、この程度のことで大変などといってはいられなかった。

一週間たっても母は同じことを繰り返した。他の理由を考えなければならなかった。

「律子が入院してもわたしの部屋があるじゃないか、どうして自分の部屋に帰れないのか」

「誰が面倒見るの、面倒見る人がいないのよ」

「おとうさんもいる」

「おとうさんはあなたの面倒なんか見られないのよ」

「自分でやれる」

毎朝このやりとりの繰り返しだった。そこで次に、

「あの部屋に住んでいたとしても、家はおとうさんの物でしょ、良治さんはおねえさんが退院しなければ帰って来ては駄目だといっている」

と私は義兄を悪者にした。長い間義兄との確執があった母はそのことは覚えているのか、

ようやく繰り返すことをやめた。

「じゃあ、ここに住むしかないんだね、でもチヨは腹のなかでは嫌なんじゃないだろうか。あの子は孤独が好きな子だから、わたしがここにいるのが嫌なんじゃないだろうか」

母は母なりに、叔母の住まいに居候しているという肩身の狭さを感じていたのだった。

「そのことは叔母さんも了解してくれている、でも毎朝毎晩家に帰ると騒げば、叔母さんも嫌になるかもね、だから、ここに住みたいなら、もう帰るといっちゃあ駄目なんだよ」

「ここもいいけど、わたしがいてもいい場所ではないから」

「おかあさんが落ち着ける場所をわたしが一生懸命考えているから。おかあさんが楽に暮らせる場所をわたしが必ず探すから」

私は涙が出てきた。母が愛おしくなった。

「たまにはお昼を食べに行こうか」

「行きたいねえ」

「何が食べたい?」

「ラーメン」

そこでマンションの下のラーメン屋に連れて行くことにした。母と一緒にラーメンを食べに行ったのはいつのことだろう。叔母を誘うと、行かない、という。一緒にいることにうんざりしているのだろう。ラーメン屋で静かな母と向かい合って坐っていると、落ち着いた気分になってくる。母もゆったりとしている。

「歳とってこんなことになるなんてね」

「でもおねえさんが三十一歳のとき、癌で死ぬかもしれなかったのが生きているじゃないの」

「あの子が屋根から落ちて怪我したでしょ、そのあと火傷して、あの子は本当にいろいろあったけど……。屋根から落ちるし火傷を二回もこっちとこっちに。あれはおっちょこちょいなのかなあ。あんた、ここにいなさいよっていっても動いてしまう……」

母の意識は半世紀以上も昔の、子どもたちが小さかったころに返っていた。

「何が来たってしょうがないよ、でもいつか治るでしょ。律子の病気も。あの子は死なないよ。死なないと思う、助かるよ。どういう運命にあっても、あの子は運が強いから大丈夫だと思う。だっていままで何の障りもなかったでしょ」

母は自分にいい聞かせるようにいった。姉が癌だといわれたときも、このようにして母は不安を自分の内に閉じ込めたのだろう。

「人間にはいろいろ悩みがあるのよね、肉体的な悩みのある人もいれば精神的な悩みがある人もいる」

肉体的・精神的などという言葉を使う母に私は驚いたが、その言葉の背後で何を考えていたのだろう。いつしか母の表情は穏やかになっていた。

「あの子もいろいろな目にあってきたけど大丈夫。田舎の屋根から落ち、背骨をやられて一ヵ月入院したしね」

再び自分にいい聞かせるように繰り返しはじめた。

母はラーメンを半分も残した。そして小さな声で、あんまりおいしくなかったね、といった。

朝、叔母から電話がかかってきた。ケータイにチヨ叔母と表示されるだけでギクッとする。

「今日すごい下痢をしたのよ、トイレ中すごいの。その上汚れた下着を隠すのよ、聞いても知らないっていい張るの。そこでヘルパーさんと家中探したらなんと、手押し車のなかに入っていたのよ。恥ずかしいって気持ちはあるのね。部屋中が臭くて……」

叔母の電話は悲鳴に近かった。

叔母の方がまいっては大変だ。ケアマネージャーの牧野さんに相談すると、ショートステイに入所したらどうか、と提案してくれた。すぐに手続きを頼んだ。短期宿泊施設である。うまい具合に、老人ホーム入居予定日の日までの十日間空きがあった。

ショートステイ先から、老人ホームに移る日程が順調にいくかどうか、もし一日か二日間ずれができたらどうしようか。もう一度叔母の所に帰ったら、母はまた混乱するだろう。

綱渡りの日程のなかで、ショートステイを退所する日にそのまま老人ホームに入居できるように、ホームに重ねてお願いした。そして叔母には、あと少しだけ我慢してくれ、と頼んだ。あと十日、と叔母は指折り数えた。

ショートステイに行く日の朝、部屋に行くと母はテレビを見ていた。昨日おやつに買っておいたバナナがそのままコタツにのっている。

「なんでバナナを食べないの？」

「別に食べたくないから」

母は何でもないように答えた。

「これから迎えの車が来るから支度して」

「何の日？　デイサービス？　いつもの時間じゃないじゃないの」

「今日は違う人が来るから、時間も違うのよ」

「あ、そう」

母は素直に支度を始めた。

デイサービスは母のお気に入りだった。ユウちゃんという二十代の男性運転手が特に気に入っていた。男の人は社会のことを話すでしょ、女の人は嫁の悪口とか孫の自慢話しかしないから嫌いなの。姉にすれば、こんなことを平気でいうのも母の嫌な面の一つなのだろう。

叔母は母の支度を見守りながら、

「夕べ、おばあちゃんがわたしの部屋に入って来たのよ、一度としてそんなことなかったのにね。どうしたのって聞いたら、あんたがいるのかな、と思って、というから、心配してくれたのね、ありがとうっていっておいたわ」

母はもうこの部屋に帰って来ることはない、と本能的に察したのだろうか。今日で同居を解消することになる叔母も、しんみりとしていた。だが母は私たちの少し湿った感情などに頓着なく再び、

「どうしてわたしは家に帰れないの？」

といい出した。叔母はまた始まった、と自室に入ってしまった。

「朝ごはんは叔母さんが用意してくれて、昼も、そして食器を片づけたり洗ったりもやってくれているのよ。自分はここに坐って出てくるのを待っているだけ。向こうの家に帰って、誰がそれをしてくれる、誰もいないのよ」

もうすぐ迎えの車が来るのだから、黙っていてもよかった。病気だともわかっているのに、それでも腹が立ってきた。母は私の激しい言葉に返事もしなかった。

半月以上を大変な思いをしてきた叔母だったが、時間になると母の手を引いて、さあ、デイサービスに行くのよ、と部屋の外に連れ出した。叔母の仕草は優しかった。叔母の脳裏にもこの二週間のさまざまなことが浮かんでいるに違いない。

玄関先に施設の車が来ていた。母はその車を見て、

「運転手が違う、車も違う。これは違う」

と身体を強張らせた。声もきつくなった。

「今日は曜日が違うでしょ。だから時間も人も車も違うのよ」

私は咄嗟にまた嘘をついた。

「あら、そうなの」

母は納得した。運転手が、高橋さん、お待たせしました、と手を差し出した。その手につかまりながら車に乗り込んだ母に、先客の女性が何か話しかけたようだった。母も一言二言応じている。

私が窓ガラスを叩いても、もう向こうに行け、とでもいうように手をひらひらとさせるだけでこっちを見ようともしないで隣の女性と話している。この手をひらひらさせる行為も、相手への関心のない自分本位のあらわれであるのかもしれない。

こうして、母は十日間ショートステイに入所することになった。叔母の所にいた二週間の間母は毎日、帰るといい続けた。その都度、映子がいま来るからとか、明日はデイサービスの日でしょ、と誤魔化して凌いできた。二週間帰るといい続けた母と、騙し続けた私たち。母にとってはどこかへやられてしまうのではないかという漠然とした恐怖感、不安感を本能

的に感じ取っていたのだろう。

次の日から、母のことが気にかかってはいたが、あたふたすることがなくなった。叔母の所へ行くと、帰りたいといっていないかしらねえ、といいながらも叔母の表情は明るかった。姉からも叔母からも、どこからも緊急連絡は入らなかった。ショートステイ先からも電話がない。姉の悲鳴の電話からまだ半月と少しなのに、母がいないことで、みんながほっとする。そう思えてしまうことにも、心のどこかが痛い。

「ハーモニー若原」への入居を二日後に控えた日、私は友人の原田さんの車で、姉の家に寄った。姉は、壁に貼ってあった何枚もの写真や写真立て、薬などの小物を袋にまとめてあった。私は母の部屋を覗いた。部屋はがらんとしていた。何十年と住んだ部屋は、空っぽになっていた。障子の破れに丸く切って張り付けられたピンクの色紙が、やけに鮮やかだった。

それから叔母の家に行って、荷物を車に詰め込んだ。施設では布団とベッドはリースであったから、とりあえず乗用車で充分な程度の荷物である。

「ハーモニー若原」に着くと事務室から台車を借りてきて、二階213号室に身の回り品を運び入れた。母の下着に一枚一枚名前を書き入れ、衣装タンスに分類して入れた。ゴムの伸びきった下着やほころびかかったズボンを手にすると「大事に扱われていなかった」という感じがした。愛着があるから捨てられない、と捉えればすむこと、私が抱いてはいけない感情を私は急いで振り払った。コタツの上に、小引出しとプラスチックのマグカップを置いた。正面の台の上に、数年前に撮ったきょうだいの勢揃いした写真を飾った。この写真が最後の集合写真であった。七人いたきょうだいたちはいま九十七歳の母を筆頭に、九十歳の叔母、八十八歳の弟、末弟の八十五歳である。。

母を移動させる日、ショートステイ先でお昼を食べてからの方がいいだろう、老人ホームにはおやつの時間までには入った方がいいだろう、という原田さんのアドバイスを受けて、二時ごろショートステイに着いた。職員が母を呼びに行った。しばらくすると、帰れるの？と廊下の奥の方から母の大きな張りのある声が聞こえてきた。母が杖を突き、職員に付き添われて廊下の角を曲がって現れた。

「ああ、迎えが来た」

母は嬉しそうに、湾曲して歩きづらい足を気持ちだけせかせかとさせてやってきた。母は靴下のままだった。持ってきた室内履きはきついので、ずっと靴下のままだったんです、と説明する職員の申し送りも無視して、一人で勝手に車の方に行こうとする。職員が慌てて母にサンダルを履かせた。私は職員に、帰りたいといいませんでしたか、と聞いた。母はやっぱり毎日帰るといって、玄関まで出て来ていたという。職員の方は慣れているから、その都度なだめていたのだろう。それを私の耳に入れなかったおかげで、この十日間、私は心を休ませることができた、ということだったが、心が疼かなくはない。

車の後部座席に母と並んで坐った。さてこれからのことをどう切り出そうか、私は思案した。

「楽しかった?」

「まあ、そうだね……」

窓の外を見ながら母の口調は穏やかであった。

「おかあさんのためにマンションを買ったのよ」

咄嗟に出た言葉に、私自身も驚いた。

「マンション? 買ったの?」

「そう、律ちゃんが入院する。いつまでも叔母さんの所にはいられない、あっちこっち転々とするのは嫌でしょ、だから若原に部屋を買ったのよ」

「へー、あんたが買ったの、若原に?」

「今度は誰に遠慮もいらない自分の部屋よ。新しい部屋だからきれいよ」

「それじゃあ、天国だね」

「そうよ、ずっと苦労してきたから、ね」

母は状況を理解しているのかどうか、それでもやっと施設から出られた安心感からか、私との会話を楽しんでいるようだった。

「苦労なんて若いころだからね。マンションを買ったの？」

「そうよ、おかあさんのために」

「何処に？」

「若原に」

「そう、マンションを買ったの、ありがとう」

母の口からはじめて、ありがとう、という言葉を聞いた。

若原という地名は、姉たちが最初に和菓子屋を開いた場所だった。母は、田舎から出てきてその地に住んだのだった。若原の地名だけでも、安心できるようだった。しかし、やはり何回も同じ質問をした。母は窓外をじぃっと見ていた、と思うと、どこに行くの？　と聞いた。心のどこかで不安を感じているのだろう。

「ハーモニー若原」に着くと、玄関先に事務員とケアマネージャーが迎えに出ていた。ケアマネージャーはまだ三十代前半の若い男性だった。彼に連れられてエレベーターに乗ったが、母は何もいわなかった。猜疑心のある不安な表情だった。

ドアの前に、「高橋ヨシ江」という名札が貼ってあった。

「ほら、おかあさんの名前よ、自分の表札のある家に住むなんて初めてでしょ」

「へえー」

母は自分の持ち物が揃っている部屋を、珍しそうに眺めまわしている。

ケアマネージャーが母の目を覗き込むように腰を低くして自己紹介をした。

「コウキさんだって」

「コウキさん……」

コウキさんがベッドの高さを調節し、転ばないようにコタツ敷きを端に寄せたり折りたたんだりした。そこに職員と原田さんが台車を押してきた。前の部屋と変わらないような配置に小物類を置いた。母は懐疑的な面持ちで私の動きを見ている。

「ほら、おかあさんの写真もあるし、人形もあるし、おかあさんの部屋よ」

「じゃあ、わたしはここにずっと住むの？」

「そうよ、ここはわたしがお金を出して買ったのだから、おかあさんの部屋よ」

「あ、そう。高いでしょう、わたしの貯金を使えばいいよ」

「大丈夫よ、わたしの夫が出してくれたから」

「結婚したの？」

「そういったじゃないの、写真も見せたでしょ」

「あんた、結婚したの？」

私が結婚したということは、何度話しても覚えなかった。

「医者に行くにはどうするの？」

「ここに医者が来てくれる」

「じゃあ、わたしはずっとここにいるのね、死ぬまで。わたしはここで死ぬのね」

「そうよ。おねえさんも会いに来るかもしれないし、叔母さんも来るし、憲太も子どもたちを連れて来るよ。今度は自分の家だから、おかあさんがお客さんをもてなすのよ」

「わたしの部屋はどうするの？　チヨが住むの？」

「そんなことないって。叔母さんは叔母さんの部屋」

「洗濯はどうするの？」

「そういうのは全部やってくれるのよ、掃除も食事もお風呂もね、叔母さんの所にいたときはお弁当だったでしょ。今度は毎日違ったものを食べられるよ」

不安と期待とが入り混じっているのだろう。母は次々と質問した。

そこにおやつの時間ですと、お茶とエクレアをお盆にのせた二十代の男性が入って来た。母がおやつを食べている間に、私は原田さんと一緒に一階の応接室で説明を受けることにした。

応接室では、最初に事務の人が、次に薬局の人、それからケアマネージャーが入れ代わり立ち代わり各々の役割を説明した。それぞれが独立体、これが住宅型ということなのだろうか。薬局の管理料、薬代、医者の往診が月二回、介護保険料、その他布団リース料、美容院代等々。これらが施設に支払う定額の他に必要になるという。私は施設側が説明する金額を頭の中で素早く計算していた。

再び部屋に戻ると母はテレビを見ていた。写真を自分でテレビの脇に飾り直してあった。母は落ち着いているようだった。

「じゃあ、また来るからね」

というと、テレビを見ながら手をひらひらさせてこっちを見ようともしない。一言原田さんにありがとうとでもいえば可愛げがあるのに、と思いながら部屋をあとにした。

帰り際に事務所に寄ってケアマネージャーに、あの部屋は私が買ったものだから母の部屋だ、と話してあるので、そのように辻褄を合わせてくださいとお願いした。ケアマネージャーのコウキさんは、私たちはマンションの住人のお手伝いする仕事をしていることにしましょう、と応じた。

姉と叔母に一部始終を報告した。叔母はそれでもまた同じことを繰り返すだろう、といった。姉は相変わらず何もいわなかった。マンションは私が買った物だから、と咄嗟に出た嘘を私は笑いながら姉に話した。

何日かして、母の印鑑と通帳が必要になって、姉の家に行った。

「店のお客さんと話していたら『わたしが買ったマンション』だなんて、映子さんはいいとこどりよね、っていうのよね」

「いいとこどり？　わたしが？」

私は初め、その意味がわからなかった。

「老人ホームのこと」

居酒屋をやっている姉が、懇意の常連のお客さんに、母を老人ホームに入れたことを話したのだそうだ。

「わたしが買ったマンションだといったこと？　だっておねえさんは入院中ということになっているでしょ。おねえさんの名前は出せないじゃないの……。ああ、そうか、律子と映子二人で買ったといえばよかったってことなのね」

そうだ、とは強くいい切れない弱々しさを持って、別にどっちでもいいけどね、と姉の目は微かに笑っている。

いいとこどり。私は愕然とした。自分の受けをよくしようなど全く思いもしなかった。その場しのぎに嘘をつき、誤魔化してきたのは、母が安心しそうな理由なら何でもよかったからだった。

「そんなふうに考えるからストレスがたまるのよ」

私はこの一ヵ月近くの大変さをわかってもらえないくやしさに、思わず捨て台詞を吐いた。だが、吐いてしまったあと、後悔した。姉の複雑な心理を見た気がしたからだった。

私が母の所に顔を見せるのは、自転車で行ける距離なのに、月に一回か二回であった。庭からガラス窓をコツコツ叩くと、居眠りしていた母が目を覚まし、窓を開ける。どう、元気？　変わりない？　ああ、元気だよ、じゃあね、これだけだった。母の嫌な面を見ることもないし、自分の日常を母のために割くこともない。確かに得な役回り、といえるかもしれない。だからといって母が私の方を重んじているわけではない。

姉はそのあと、ここのところ寒いけど、哲郎さんは大丈夫、と私の夫へと話題を変え気弱そうに笑った。確かに私は、彼女から見たら好き勝手に生きていると思えるだろう。

姉の入院に際して姉一家を助けるために退職したが、私はそれ以前から仕事が終わった後の夜、専門学校に行くなどして綿密に立てていた喫茶店を開く夢を捨ててはいなかった。店を手伝い始めて一年になろうとしたころ、焦りを感じはじめていた私は母に、店の開店のために動き出したい、と相談した。母は、お前はお前の人生を歩け、あとは何とかなる、と私の背中を押した。退院していても体調がまだ元に戻っていない姉を気にしつつ、私は同じ市内に手頃の店舗を見つけた。三十歳のとき、夢だった喫茶店を始めた。それが思いのほかの順調さで、私は経済的にも精神的にも充実していった。しかし姉は三十代のほとんどを病気から離れられなかった。ようやく健康を取り戻した四十代になると、和菓子屋の経営も徐々に悪くなっていった。和菓子屋をいよいよ廃業することになったとき、その後の生活の手立てとして居酒屋を開業するよう話を持ちかけ資金を出したのは私だった。

たしかに、律子と映子で買ったのよ、という発想が私のなかに全くなかった。無意識のうちにもあった金銭的優位の感情がそういわせたのだろうか。

姉は私にあれこれを要求したこともなかった。長い姉の苦労からしたら私があたふたしたのはたった一ヵ月であった。捨て台詞は、取り返しのつかない後悔となって心をチクチクと刺した。誰もそれぞれの形で温かく、誰もそれぞれの形で優しく、誰もそれぞれの形で思いやりがあるのに、微妙にずれてくる。それが切ない。

施設のケアマネージャーから、トイレットペーパーが無くなりましたがどうしますか、と電話があった。私はまた原田さんにお願いして、トイレットペーパーを持って「ハーモニー若原」の母に会いに行った。

エレベーターを降りると、ロビーで五、六人が集まって折り紙を折っていた。母はそのグループから少し離れた端の方に一人ぽつねんとして坐っていた。エレベーターから降りて母を見つけた私の、あら、あそこにいるわ、の声を聞きつけたのか、こちらを振り向くと同時に母は、帰りたいよ、といって立ち上がった。私は駆け寄って母を支えた。

「とにかく部屋に行きましょう」

母は私の手をぎゅっと摑み、

「帰りたいよ。なんでこんなとこにいるの？　帰る」

と、あたりを気にせず大きな声で訴えた。テレビを見ていた入居者が虚ろな表情で私たちの方を見た。母に腕を添えて部屋に行き扉を開くと、衣類を入れたバッグや小引出しなどがまとめてドア近くに置いてあった。叔母の所にいたときと同じように、いつでも帰れるようにとまとめてあるのだ。それらに気付かぬふりをして母をベッドまで連れて行った。

「なんでこんな所にずっといなくちゃならないの？　デイサービスにも行けないし、家に帰りたいよ」

母は怒りと不信を露わにした。

「おねえさんが入院しているから帰れないでしょ」

また堂々巡りであった。

「わたしはここで死ぬのかい、ここでは死にたくない……」

「誰か話をする人が見つかった？」

「話ができる人なんていないよ。みんなあっち向いている人ばっかり。なんでわたしは家に帰れないの？　外に出られないの？」

「だってここはおかあさんの家だよ。誰に遠慮もいらないおかあさんだけの家なのよ。……でも、事務所の人にデイサービスに行けるかどうか聞いてみるからね」

私は母をなだめて事務室に行き、ここからデイサービスに行かせることはできないかとケアマネージャーに聞いた。行くことは可能だが同じ施設というわけにはいかない、ということだった。母はユーちゃんに会いたいのだ。顔見知りのいる母の慣れている施設でなければ意味がなかった。それでも部屋に戻り、デイサービスに行けるように頼んだからね、とまた嘘を重ねた。

「デイサービスに行けるのね、そう、行けるのね」

母はうれしそうに繰り返した。

母は初めのころ、デイサービスに行くことも渋っていた。ところが運転手のユーちゃんが母の好みにあったのか、デイサービスに行くことが唯一の楽しみとなった。ユーちゃんとのツーショットの写真が部屋に溢れていた。

家族には、やってくれるのが当たり前だといわんばかりで、ありがとうの一言もなく、他人がちょっと優しくすると、ユーちゃんユーちゃんと、嫌になるわ、と姉はときどき舌打ちするようにいったことがあった。

「なんだかやるせないね、親を捨てた、という気持ちばかりがどんどん強くなる」

帰り道、運転中の原田さんに話しかけた。

「わたしも同じだったわよ、母を叱ったりとか。でも時間をかけて慣れていってもらうしかないのよ」

前方を見ながら原田さんは応じた。軽い認知症を患っていた彼女の母親は近くで一人暮らしをしていた。夫を十年前に亡くし、娘たちは二人とも嫁いでいる彼女は、母の家に行って朝食の世話をした後出勤し、帰ってから母の夕食と入浴の世話をしていた。ところが母の認知症が進み、トイレの始末ができなくなった。退職をして母の介護をするか、老人ホームに入れるか悩んでいたとき、近くに新しく特養が開設になった。

「ずいぶん迷ったわよ、やはり親を捨てた、という思いがずっと残った。でもね、あのとき退職していたら、いずれ共倒れになっていただろうし、特養とはいえ母のホームの費用も出せたかどうか、そう思うとあのときの選択は間違っていなかったと思うのよ。もう母はわたしのこともわからないときがあるし、食事も流動食だけど、一日でも長く母に生きていてもらいたいっていまはそんな気持ちよ」

「あなたのような気持ちになれるかどうか……」

思わずため息が出た。百歳まであと三年。あの声の張りと、はっきりとした物言いをする母であった。

私たち団塊世代の老後の在り方は、古い時代と新しい時代の端境期、最期まで親を看なければならないという義務感と、子どもを当てにはできない、という覚悟も同時に持ちつつ生きている。親を老人ホームに入れることを「捨てる」と捉えてしまう自分でありながら、自分が老人ホームに入ることは必然と捉え、何の感傷もない。

介護疲れからの事件が新聞の社会面で後を絶たない。地方からは若い世代がいなくなり、都市では新住民の増加によって地域のコミュニティーも希薄になっている。それだけSOSを発しづらい社会でもある。社会福祉のあり方も、家族形態の変化に追いつかない。消費税が導入されたとき、それを福祉に回すためと喧伝されたが、二十年近く過ぎても決して安心して暮らしていけない社会のままだ。

姉が悲鳴を上げたからこそ、事件にも共倒れにもならなかった。あのまま姉が自分の内に鬱屈をため込み続けたらどうなっていただろうか。ぎりぎりまで悲鳴を上げることができなかった姉の性格と責任感に、私は鈍感なふりをして、安穏な生活を送っていた。

帰りたい、帰りたいと訴え続ける母を見ているとさまざまな感情が起きてくる。病んでいるせいだと思えばかわいそうになる。正常に見えるときには、なぜわからないのだ、と腹が立つ。
二、三日してケアマネージャーから電話が入った。
「この前行ったときも、帰りたいとばかりいってましたが、どうしたらよいでしょうか」

「ヨシ江さんだけが特別帰りたい気持ちが強いわけではないですよ。なかにはドアをどんどん叩いたりする人もいらっしゃいますから」

ケアマネージャーは穏やかな声音であった。

「ヨシ江さんはお小遣いを持っていらっしゃいますか。そうであれば、今度一度、コンビニまでお使いについて行ってみましょうか」

「たまに外に出れば、本人も気がまぎれると思います」

「ヨシ江さんが安らかに暮らせることを私たちも願っていますから」

彼の受け答えは、預けた側の不安を和らげてくれた。

甥の憲太の休みの日に仏壇を運び入れることになった。古びた小さな仏壇である。これを運び入れたら、母の物はほとんど揃うことになる。

十二時少し前に老人ホームに着いた。食堂のガラス窓からなかの様子が見えた。母はどこにいるのだろう。大勢のお年寄りがテーブルについて食事が運ばれてくるのを待っている。

憲太が、あそこにいるよ、と指差した。入り口近くの四人がけのテーブルに、母は背筋を伸ばして坐っていた。食事を運ぶ台車の音がするが、人のしゃべり合う声はほとんど聞こえてこない。

母のいない部屋に仏壇を設置し、その壁に母の楽しい時間が凝縮しているデイサービスでの笑顔の写真を貼った。白い壁面がにぎやかになった。

私たちの顔を見たらまた「帰りたい」気持ちが激しくなると思えたので、ケアマネージャーに挨拶だけして帰ることにした。

「どんな具合でしょうか」

「まだ帰りたいといっています。その都度、明日娘さんが迎えに来るからとか、今日は雨だからね、などといって収めています。週に三、四回は玄関まで下りてきて、デイサービスの車を待っているのです。今日は曜日が違いますよとか、車が渋滞しているのでしょう、というと納得して部屋に帰るんですよ」

十時にお迎えが来て、昼食とおやつを食べ、入浴も済ませて五時ごろ家に連れ帰ってもらう週一回のデイサービスが、母の楽しみのすべてだった。母にとってその木曜日のために一週間があり一ヵ月があった。朝になると、デイサービスの車が迎えに来る、ユーちゃんに会える、と玄関まで降りて行く母の頭の混乱は、少なくともその瞬間までしあわせかもしれない。ああ、デイサービスは明日だったのか、そう納得して部屋に帰るのであれば、母の楽しみの感情は継続するだろう。そう思っても、老いることは切なく、やりきれない。

帰り際に食堂を覗くと、母も相席の人たちもただ黙々と食べていた。母がご飯の一掬いを健康な人並みにたっぷりと箸にのせて口に入れた。満足そうな顔であった。

何日かして、ケアマネージャーから電話があった。「帰りたい」コールが激しくて施設としては困る、と苦情をいわれるのかと思いながら受話器を耳に当てた。

「最近帰りたいとはあまりいわなくなりました」

だが続けて、

「ロビーに来ても、誰ともおしゃべりをしないでぽつんとしているから、寂しそうなんですよね」

といった。この一言は私の胸に刺さった。帰りたいといわなくなったのは、完全に「捨てられた」と理解し諦めたのだろうか。

「でも今日は僕のお尻を杖でポンと叩くんですよ、ふざけて親愛の情を表わしたのかもしれません」

ケアマネージャーが続けたその言葉は、今度は私を救った。一言一言に一喜一憂している自分であった。

そんなとき原田さんから、もしお母さんの所に行くなら、今日時間があるからどうか、と電話があった。母が入居して一ヵ月半が過ぎていた。トイレットペーパーもそろそろ補充が必要かもしれない。

「相変わらず、帰りたいコールが続いているみたい」

私はほとほと精神的に疲れてしまっていた。

「薄情なようだけど、慣れていくしかないのよね」

原田さんもこの葛藤を潜り抜けて来たからいえる言葉であろう。

私はまた、「帰りたいコール」を浴びせられるのかとびくびくしながらドアを開けた。母は入り口に背中を見せて、ベッドに横になっていた。私はそっとベッドに近づき覗き込むようにして、あら眠っているわ、とつぶやいた。母はすぐさまむっくり起きた。少しも眠ってはいなかった。

「どう？　元気？」

「退屈で、退屈で、何もすることないから」

眼にも声にも張りがあった。私の顔を見たらすぐに、帰りたいよ、といっていたのにこの日はいわなかった。

「退屈？　仏壇が来ているでしょ、毎朝お水を取り替えているの？」

「それはそうだよ。安心だね」

「それはよかった。じゃあ、コンビニにでも行く?」

「ああ、行きたいね、お金持っていかなくちゃ」

「今度、憲太が子どもたちを連れて来るって」

「あ、そう、ぜひ来てよ」

そのいい方は、私の家に遊びに来てよ、とでもいったふうであった。母は財布を探しながら、律子は? と聞いた。

「一度帰って来たけど、まだ数値が落ち着かないから、また病院に戻ったわよ」

私はすらすらと嘘を上塗りした。

「肝臓でしょ」

「そうよ、癌の手術したあと、血清肝炎でずいぶん長く入院したでしょ、肝臓は長いのよね」

唐突に母が、

「大正琴を持って来てくれないかしら」

といった。

「大正琴? どこにあるの?」

「押し入れにあるわよ。今度来るとき持って来てちょうだい」

母は随分以前に通販で大正琴を買って弾いていた。音符も読めないはずなのに、口ずさむその音程で、母は「さくら」だとか「荒城の月」など、自分が歌えるものなら弾くことができた。しかし母が弾いているのを見たのは随分前のことで、何年も使っていないはずだった。

原田さんが、車だからこれから取りに行って来ましょうよ、といってくれた。

「コンビニに行くのと、大正琴を取りに行くのとどっちがいい？」

母は即座に、大正琴、といった。

私たちは姉の家に向かった。今日の母は、同じことを繰り返すこともなかった。母の頭のスイッチが切り替わったような不思議な感覚であった。

姉に母の状態をいうと相変わらず顔をしかめながらも感想はいわないで、押入れの奥から古びた大正琴の黒いケースを引っ張り出してきた。

とんぼ返りで「ハーモニー若原」に戻った。母は私からケースを受け取ると、一刻も早く開けようとケースの留め金に指をかけるのだが、なかなか開けられない。見かねて私が蓋を開けると、もどかしそうになかから大正琴を取り出した。黒く塗られた部分がところどころ擦れ剝げていた。随分使った跡が見られた。

母は、爪を取り出し弦を掻きだした。そして首をかしげながら左手で番号の振られたボタンを押し、右手の爪で弦を掻く。両手を動かして熱心に弾いている。

それを見ていて原田さんが、両手を自在に使えるなんて、と感心していた。しばらくやっ

ていた母は、

「ずいぶん使っていなかったから、音程が狂っている」

そういいながらもまだ試している。私が弦を巻いてきつくしようとすると、

「やめて、素人が勝手にいじっちゃダメなの」

といった。

熱心に音を奏でようとしている母の音色をしばらく聴いていると、聞いたことのあるメロディーのようだ。

「あれ、どこかで聞いたことがあるなあ、ねえ、なんという曲？」

母は返事もしないで音程を確かめ、確かめ弾く。

「そうだ、これって、えーっと、天然のなんとか……ああ、『美しき天然』って曲だ、そーらにいさえーずるー鳥のー声ー、そうだ、そうだわ」

私は嬉しくなった。私が歌うのに合わせるように、母はときどき音程を狂わせながら爪弾いた。音程が狂っているとはいえ、ちゃんと歌える。私は感動した。すごいわね、と原田さんも隣で驚いていた。母は何度も弾き鳴らした後、

「音程がね、あとで、調整してみるわ」

といった。そして、

「音楽は毎日やっていないとダメになる、ずっとやっていなかったから手が動かない、楽器はね、毎日手入れをしないとダメなのよ。ずいぶんほったらかしていたからねえ」

と大正琴を愛おしそうに撫でた。

「これはね、わたしがいなくなった後でも残るでしょ、形見、そう思って買ったのよ、わたしがいなくなった後でも」

再び同じ言葉を繰り返し始めた母に、原田さんは嫌がらずに傾聴してくれていた。

「じゃあ帰るね」

母は手をひらひらしただけでこっちを見ないまま、大正琴にかかりっきりだった。エレベーターフロアまで大正琴の音が聞こえた。そういえばこの日は、一度も帰りたいといわなかった。

田舎にいたころ母のきょうだいたちが集まると、決まって酒盛りが始まり、それぞれに持ち歌があった。母の十八番は「国境の町」だった。ほら、ねえさん、あの歌を。そういわれ母は感情をこめて歌った。

帰りに事務室のケアマネージャーに挨拶すると、

「最近は昼間もリビングに出てきてみんなとおしゃべりしていることも、スタッフとふざけたりすることもあります。ただ、相変わらず玄関に来て、デイサービスの車を待っています。

その都度理由をつけると納得して部屋に戻られるのですけれども、ね」

騙したり誤魔化したりし続けることが母に穏やかな日々を送らせることになるのだ。とはいえ、人間とはなんと切ない存在なのだろう。しかし一方、嘘をつく痛みは、嘘をついた安心に変わったことも確かだった。

姉の入院で私の人生が宙ぶらりんになりそうになったとき、お前はお前の人生を歩け、ときっぱりと母は私の背中を押した。母はすでに田舎を後にして十年経っていた。生活は貧しくとも、行商しながら自分の才覚で生きていた母にとって、可愛い孫や暮しの心配がないとはいえ、義理の息子の世話になっているという負い目を抱え不本意な思いで生きていたのかもしれない。だから積極的に生きろ、と母は私の背中を押したのだった。

しばらくしたある日、叔母から、八王子に住む弟と一緒におばあちゃんに会いに行って来る、と電話があった。ようやく少し落ち着いてきた母が、きょうだいの面会でまた里心がつくのではないだろうか。そんな心配もよぎらないことはなかったが、あと何年、いやもしかしてきょうだいが揃って顔を合わせることができるのは最後かもしれない、などと思ったりした。

夕方かかってきた叔母の電話の声は明るかった。

「おばあちゃんはね、ここが天国だって！　こんな所に住んでいられてしあわせだって、そういうのよ。あの騒ぎはなんだったんだろうね」

そして、一度も帰りたいとはいわなかったと付け加えた。

「声にも張りがあって、元気、元気。あの分じゃあ、長生きするわよ。わたしの方が先かもしれないわ」

叔母はアハハとさもおかしそうに笑った。叔母も母との数日間の重さを背負っていたのだ。

「わたしが行ったこと覚えていた？」

私は前日会ってきたばかりだった。

「ぜーんぜん。映子が昨日来たでしょ、って聞いたら、来ない、映子なんて全然来ないよ、だってさ。でも、律子の身体は大丈夫かい、って何度もいうのよ。だいぶいいみたいよっていっておいたわ」

叔母はまた笑った。弟と妹に囲まれて、笑い声を立て、しあわせだといい切って、私と姉を許したのかもしれなかった。

母はもう大丈夫だろう、そう思いつつ複雑な気持ちが交差する。

姉のＳＯＳの悲鳴から、母が新たな住まい、自分の居場所を安住と捉えるまでを、私は指を折って数えてみた。およそ九十日だった。

数え終わって折りたたんだ手に目が留まった。私ははっとした。

母は、姉や私に心配をかけまいとして天国にいるようだ、とか、しあわせだ、といい始めたのではないだろうか。そしてそういい続けることで、少しずつ、その感情を育てていったのではないか、ふとそんな気がしたのだ。

母に嘘をつきとおし、嘘をつくことによって、その嘘で母がしあわせな気持ちでいられるならそれはいいことだ、と私は勝手に決めていた。それはただ、私の心が楽になるための方便だったのではないか。母は、認知症が入っていたとはいえ、漠然と子どもたちの動揺を感じ取っていたのではないだろうか。いやそれはあまりにも母をきれいごとにとらえすぎているのかもしれない。

私は九十日という長くて短い日数をもう一度辿っていた。

墓仕舞い

遅い朝食のあと、夫とリビングでそれぞれ新聞を読みはじめる。テーブルには濃い目に淹れた日本茶がある。掃除ロボットが軽い音を立てながら、せっせと部屋の埃を吸い取ってくれている。梅雨明け宣言があったというのに、今日も静かに雨が降っている。雨に濡れた庭は、スギゴケが艶やかだ。

ときおり読んでいる新聞記事に腹を立てた夫が、まったく、などとつぶやく。おおかたが政治、社会欄の記事。私も、なになに、などといって夫の新聞を覗いたりする。このような時間帯にかかってくる電話は、たいがいセールス電話だから、受話器を取ってもこちらから名乗ることは滅多にない。ただ、はい、というだけである。

「もしもし、もしもし」

電話の主は、早く名を名乗れといわんばかりに急かす姉の声であった。

「なあに」

ゆったりとした時間のなかにいたまま、のんびりと応答すると、

「本家の孝夫から手紙がきたのよ」

という。

孝夫は父方のいとこで本家の跡取りだ。そのいとこから新潟にある父の墓の管理ができなくなった、という趣旨の手紙が届いたというのだった。

「じゃあ、ついでのときでいいから、わたしのところに持ってきてよ」

私たちは二人姉妹で姉の律子は七十三歳、三つ違いの私は七十歳。故郷・新潟から出て来てすでに五十年以上になる。

私が高校を卒業して一年後に母も千葉に住む姉と同居するために家を畳んだから、私には故郷と呼びたいようなものを持っていない。生まれ育ったところを故郷というのであれば、確かに故郷は新潟だ。だが、帰郷するにも家はなかったし、母方の実家も消滅してしまった。だから十八歳まで育った風景を、雪景色とともに思い出すことがあっても、愛着というものではなかった。高校時代の親友が生きていたころは一、二度帰ったこともあるが、その親友も五十歳で亡くなってしまった。親友の葬式に帰ったのが、新潟との縁の切れ目といってもいいかもしれない。そんな私以上に姉も新潟には帰っていないはずだ。

自転車で十四、五分のところに住んでいる姉は、ついでがあったから、と雨のなか自転車

を走らせてやってきた。白い封筒にはパソコンで印字したと思われる姉の住所と、私たち姉妹の名前が並んで書かれてあった。裏には手書きで高橋孝夫と書かれている。

「山上律子さま
　映子さま
廿日平墓地の管理について
六十年近いご無沙汰になりましょうか。越後をたってから里帰りはありましたか？　もしなければまさに浦島太郎の心境になりましょう。山や川は変わりませんが、環境変化は想像ができないほどだと思いますよ。ところで、私もすでに喜寿を迎え、墓地の通常の草刈りなどの管理がおっくうになりました。変形性膝関節症といわれ通院も三年目になります。こちらの管理組合では毎年管理料を集めていますが、それは参道階段の整備などに使うもので各持ち分の管理には使われません。将来のことも含めてひとつ検討願いたく連絡いたします」

と簡潔に書かれてあった。

「毎年おばあさんのところに請求書が送られてきていたから、管理料千円は振り込んでいたのだけれどね」

と姉はいった。

唯一故郷から届く便りは、母宛の「墓地管理委員会」からの墓地管理料の請求書だけであった。百歳になる母のヨシ江は三年前に老人ホームに入居していたし、その前から認知症があったから、姉はその請求書が届くと自分で振込んでいたようだった。

母は、新潟にある「とうちゃん」と同じ墓に入るものだと思っている。私たちも母の入る墓は新潟の父と同じところ、と思っていた。しかし、父の墓ですら六十年近くほったらかしだったのだから、次の世代が墓参りに行くことはありえなかった。私も姉もすでに山上姓と飯塚姓になっていて、父母の高橋姓を引き継いでいる者はいない。結局墓を引き継ぐ者はいない。

孝夫が、検討願いたく、というのは、盆や春秋の彼岸に墓の草取りや清掃などをする体力がなくなったということで、さりとて墓を放置するわけにも行かず、どうしたらよいか、ということだった。

「わかったわ。この件に関してわたしが孝夫さんと連絡を取ることにする。でも、おかあさんのお骨の場合どうしようか」

母は百歳を過ぎているから、もしもの場合などと曖昧ないい方ではなく、ずばり「お骨」などと口に出せる。

「おばあさんの骨を新潟に持って行くわけにもいかないとなると……。わたし自身は樹木葬かなにかにしてもらおうと思っている。山上家の墓だってこれから先のことを考えると持つのにはためらいがあるし」

姉の夫は二男だったから、姉夫婦も自分たちの墓を持っていなかった。

「じゃあ、おかあさんのことは取りあえず脇に置くとして、おとうさんのお墓をどうしたらよいか、ということを、孝夫さんと相談するね」

母のお骨の行方は、私たち姉妹の間で複雑化しなかった。

近年、墓の問題は大きな社会問題になっている。少子化で、先祖代々の墓を守る負担を子どもにかけさせたくない、とか、また一人っ子同士の結婚ならば、どっちの墓を継ぐかによって、どっちかの墓の継承者がいなくなる、ということもあり得る。「実家」があるうちはいいが、子どもたちがみな都会に出てしまえば、余程信仰心が篤くなければ孫の代には足が遠のくであろう。

孝夫からの手紙は、家族のあり方の多様化という日本社会の変容過程での問題でもあった。

本家の家の隣に分家として私の家が建っていた。本家のいとこたちは五人。上三人は女で結婚して村を出ていたので、一緒に過ごした記憶はない。四番目に唯一の男のいとこ孝夫、その下に多喜子という私より二つ年上のいとこがいた。町にある同じ高校に通っていたから、私が親しかったのは多喜子だけだった。孝夫は多分村を離れて寄宿舎に入っていたのか、顔を合わせたり話をする機会はほとんどなかった。

父が亡くなったのは、私が小学六年生の秋だった。ハツカッピラは山の名前で、「廿日平」と書くことも、今回の孝夫の手紙から知った。ハツカッピラは小山全体が村の共同墓地になっていて、本家の墓は山の中腹にあった。分家である父の墓はハツカッピラの裾野にあった。山の一番上には、「関矢様」と呼ばれる村で唯一「様」がつく家の墓地があった。ハツカッピラは小山ではあったが杉の木が鬱蒼としていて昼間でも薄暗く感じられ、麓の道を通るときは恐ろしくて、決して山の方には目を向けずに通り過ぎたものだった。

八月のお盆には、早めの夕飯を済ませて、母はパリッとした浴衣を着て、姉も私も洗い立ての洋服に着替え、提灯を下げてお墓参りに出かける。鬱蒼とした山は、そのときばかりはまるで山全体が灯りで揺らいでいるようだった。まず裾野の父の墓にお参りをし、そのあと中腹にある本家の墓地までの急な坂道を登っていく。父の墓は、石塔を建てるお金がなかったから木の卒塔婆が一本ぽつんと寂しげであったが、本家の墓は幾つもの大きな石塔が建っていた。

上京したあとも母は、元気なうちは年に一度隣村にある自分の実家に帰っていたから、墓参りの折りに本家にも挨拶をしていたかもしれない。八十を過ぎたころからはもう新潟に帰れなくなっていたから、そのあとは姉が管理料を振り込んでいたのだろう。私たち姉妹は墓のことはそれで済んだものとして、あとは「母が入る」ときだと思い込んでいた。

孝夫の手紙は、私にさまざまなことを想起させた。

父が早くに亡くなったから、母が新潟を後にしてからは父方の親戚とはほとんど関係を持たなかった。それでも、いとこであるというそのことは、他人からの手紙とは違う奇妙な感覚を抱かせた。それは父の墓という、私と直結する事柄を介在させているからか、あるいは無関係だったとはいえ、毛細血管ほどの共通の血を分かち合った者への理屈抜きの感傷だろうか。いとこは何かをしてくれとは書いていない、「ひとつ検討願いたく」と気を使った表現で書いてあった。何十年も墓守をしてきたことよりも、高齢になり草取りが困難になったとだけしか書いていない。それは本家として当然の務めと受け止めていたからかもしれない、私たちは知らぬが仏で、墓の管理のことなど思い巡らせたこともなかった。私は早速孝夫に返事を書いた。

「高橋孝夫様

こちらは雨の日が続いておりますが、いかがお過ごしでしょうか。先日はお手紙でのご連絡ありがとうございます。私も高校を卒業して早五十二年、今年七十の古希を迎え、故郷も遙か遠くになりました。

　お便りにありました墓地の件ですが、孝夫さんにはご迷惑をおかけしていたこと、心からお詫びし、また感謝を申し上げます。父がそこに入ってから半世紀以上が経ち、母も現在百歳となり老人ホームに入っております。介護4の認知症で判断能力はすでに失われておりま す。お墓のこともきちんとしておかなくてはならないと思いながら、つい一日延ばしにしておりました。姉も私も新潟にお墓参りに行くことは難しく、これから先、母がそこに入ったとしても、そのまま誰も行けないだろうことを考え、母の場合は、ハツカッピラに埋葬しない方向で姉と話し合いました。父の墓をどのようにしたらよいか、いま盛んに報道されている『墓仕舞い』の方向で行くのが一番良いのかもしれない、などと考えたりしております。その場合の村のしきたりとか方法など、孝夫さんの考えをお教えください。

飯塚（高橋）映子」


　孝夫から姉に来た手紙には、私の苗字が書かれていなかった。私が結婚したのは六十歳のときで、だから当然孝夫の知らないこと、私はあえてカッコとして旧姓を書き入れた。そしてメールアドレスをつけ加え、すぐに投函した。

　それから一週間ほどして、孝夫から今度は私の住所に手紙が届いた。

「早速の返信ありがとうございます。『墓仕舞い』を考えるということ、今後の管理のことを思うと私もその方がよかろうと思います。自分も経験がないのではっきりとはわかりませんが、実施の際には施主の立ち会いとお骨の処理方法が問われるかと思いますので、予めお含みおきください。いずれにせよ今後もいろいろ打ち合わせが必要になると思いますので連絡を密に取り合いましょう」

私が新潟を離れて以後の本家の人たちのこと、本家の伯父伯母の死亡から、いとこたちの近況、自分の子や孫のこと、趣味や農業のことなどが便箋三枚に書かれてあった。そして最後に、都議選で一強独裁の安倍自民が惨敗したことに梅雨の鬱陶しさをしばし忘れた、と追記として書かれてあった。

いとこがどのような考えを持っているのか知らなかったが、安倍自公政権を批判し、都議選で自民党が大敗したことを喜んでいる。私は急にいとこを近くに感じた。

自分と無関係のときにはさほど目につくことはなかったことが、いざ自分の問題となったとたん、「墓仕舞い」の情報がやたら目につく。

ある新聞では､それまでは主流だった親子孫三世代同居世帯は絶対的に減少してきており､夫婦だけあるいは単身など高齢世帯の約六割は最期を託す子がいないか、いても別居している、と伝えていた。また別の週刊誌では「墓仕舞い」の理由に、墓が遠方にあり維持管理が大変、墓を守ってくれる人がいなくなった、ということを理由としてあげている。

これらは核家族化や少子高齢化の進行と、経済活動の大都市一極集中が進んだ結果かもしれない。たまたま父の「墓仕舞い」に直面した私の問題は、決して特殊ではなく、この国の至る所で起きつつある「家制度」の崩壊過程であるともいえた。

一方の地で「墓仕舞い」したとしても、その遺骨の移動先となる別の地が必要となる。たとえ六十年経っているといっても、氏素性がわかるかぎり無視するというわけにはいかないのだ。新たな遺骨のたどり着く先は、樹木葬、永代供養墓、納骨堂、ビル内に作られたロッカールーム式の納骨堂などさまざまにあるが、それはそれでまた金もかかる。順調に子孫繁栄させている家系ならともかく、改葬・埋葬などお骨の安住の地を探すことは、手続きの煩雑さも含めてそう簡単ではなさそうだった。

都会に新住民が増える一方、村での祭祀を継承する者がいなくなっている。都会では檀家制度すら形骸化しつつある。人が暮らす住居でさえ空き家が増え、その継承者捜しは容易ではないという。父の墓は本家が本家として分家の面倒を見ていたということから、たまたま無縁仏にならなかった、ということだった。

孝夫が石材店と打ち合わせしたところによると、第一段階でまず、「魂戻し」のお経をお寺であげていただき、それが済んでから石材店が墓を動かすのだという。「魂戻し」のお経をあげてもらうと遺骨から魂が抜け「ただの骨」となるから、掘り起こしても大丈夫ということのようだ。遺骨にたいして尊厳を持って対する、というのは当然のことだが、お経をあげたら墓を動かせる、骨から魂が抜ける、というのは不思議な儀式に思えた。

人間は生を受けたその瞬間から、生を閉じたその後にも、さまざまな現世の手続きなしには、次の世界へ行けないようだ。だがしかし、たしかに儀式化、形式化されることによって、死者への敬虔の念が深められることはある。死者の眠っている場所や、かつて肉体を支えていた骨を粗略に扱うことが平気であるならば、それは心の荒廃をもたらすことにもなるのではないか、とも思う。

だが私にとって、父の死はずいぶん昔のことだったから、あまり情緒的記憶は残っていなかった。

墓を掘り起こすことまでは、多分順調にいくだろう。しかしその掘り上げた遺骨をどうするか、孝夫は「お骨の処理方法」と書いてきたが、それは新聞に書かれてあった「樹木葬、永代供養墓、納骨堂、移転先に新設」などのことであろうか。姉は墓地を持つ気はなかったし、私には飯塚家の墓地がある。結婚して十年足らずの私が、六十年前に亡くなった父の遺骨を、そしていずれは母のお骨も飯塚家の墓所に入れる、のは無理に思える。

それでは父と、この先に訪れる母のお骨を入れる永代供養墓をどこかに探すしかないのだろうか。母のことはさておき、父は土葬であったから、すでに六十年も経っている骨をわざわざ掘り出すことはしないで、そのまま眠り続けさせるわけにはいかないのだろうか。地の底で安らかにさせておくわけにはいかないのだろうか。

死者は生者の記憶の中にある限り生きているといえる。死者たちを記憶にとどめておく遺族たちも、いつしか手の届かない世界にいってしまうだろう。そのとき死者は本当に死を迎える。父は私が小学六年生のときに亡くなっているのだから、私や姉がいなくなった後、誰かの記憶に残ることはないだろう。

父の遺骨はそのままにして整地できないものか、と孝夫にメールした。すると孝夫から、あなたたち姉妹の決めることに異存はないので、近々石材店と一緒に墓を見に行って見積りを出してもらう。金銭的なことは直接石材店から電話をさせる、というメールが届いた。孝夫はてきぱきと動いてくれていた。

それから何日かして石材店から電話があった。

「もしもし」

受話器から耳に入ったたったそれだけの言葉で、新潟からの電話とわかった。言葉そのものを文章化すれば標準語のそれになるだろうが、越後弁には独特のイントネーションがある。

「間」の取り方や緩やかな言葉の伸び方、もったりと重たい感じ、あるいは「い」と「え」の区別をつけられないそのいい方である。

「どうも。飯塚映子さんですか。新潟の根室石材店です。高橋孝夫さんから依頼があったハツカッピラの墓仕舞いの件ですがの……」

会話のテンポとある種の重たさは、私が聞き慣れた越後弁であった。語尾に「の」がつくのもそうだった。私はにわかに懐かしい感情が湧いてきた。

「孝夫さんの方からいろいろとお話がいっていると思いますが、よろしくお願いいたします」

相手に合わせて越後弁を使うことが、私にはもうできなくなっている。私は自分が話す「標準語」が薄っぺらに思えた。

土葬の場合は、残っている骨を少しだけ取り出し、あとはそのまま埋めてその上に墓を建てるか、更地にして墓地管理員会に返還する。だが父の墓は、墓石の下にコンクリートの「かろうと」がつくられているからそこに骨壺が入っているはずだ。取り出したお骨はそのままにしておくことはできないので、「魂戻し」のお経をあげてもらう寺に預かってもらったらどうか。菩提寺の柳山寺は永代供養墓を来年には造るらしい話があるから、その間お寺が預かってくれるだろう。「魂戻し」が済めば、墓地の整地は雪の降る前の十月に工事にかかることができる。

石材店の久しぶりに聞く越後弁は訥々としていて柔らかく、優しい気持ちにさせてくれる。その上、共同墓建設の予定があるという朗報は、抱えている問題点の大きな部分が解決する。私にとっては願ってもない情報だった。

この間孝夫とは手紙とメールでやりとりをしてきたが、まだ直接孝夫と電話で話をしていなかった。電話をかけるタイミングをあれこれ考えた。日中は畑仕事や何やかやとやることがあるだろう、あまり遅いと迷惑かもしれないなどと思い巡らせて、結局夜の八時ごろに電話した。

手紙やメールからは親切心がにじみ出ていたが、声はときにはその人の性質までも現われでるから、また違った印象を抱くかもしれない。そんな不安を感じつつ六十年の刻を隔てての電話に、私は緊張しながら受話器を耳に当てていた。七回、八回とベルの音を数えた。田舎のことだから就寝は早いのかもしれない、そう思って受話器を置こうとしたそのとき、

「もしもし」

という男の声がした。私は耳に全注意を傾けて、

「高橋さんのお宅ですか？　孝夫さんですか？」

といった。緊張のため、私は早口で相手を確認するように言葉を発した。

「そうですが……」

こんな夜、どこの誰だかわからない女の電話に、戸惑うような不審そうな返答があった。私はすかさず、

「映子です。高橋、というか、飯塚映子です。こんな時間にお電話してすみません。いまよろしいでしょうか」

と畳みかけるように名乗った。すると受話器から、

「おおっ、映子、映子さんか、いやいやあ、これはこれは」

と孝夫の大層な驚きようが聞こえてきた。

「いやあ、あんまり若い声だから、誰だろうと思ったてぇ……」

聞こえてくる田舎言葉からは、善良さ率直さ素朴さが伝わってくる。

初対面のような挨拶を交わしたあと私は、お骨は掘り出さないわけにはいかないことなど、石材店との打ち合わせ内容を話し、孝夫からは、「共同納骨堂」と「魂戻し」の件をまとめて菩提寺と相談してくれる、ということになった。

打ち合わせることは大してなく、互いの声合わせ、過ぎた時間の埋め合わせの電話であった。緊張してかけた電話であったが、安堵と感謝と懐旧の情とで、私は興奮していた。いとこといっても他人と同じような関係だったから、メールや手紙の気を遣った丁寧な文章は、相手との間にある程度の距離感があった。だが肉声はその幅の厚さを一気に薄くした。

私はその興奮を早く姉に伝えたくて、遅い時間も気にかけずに電話した。

「やっぱりいとこなんだね、一気に時間を飛び越えたよ。孝夫さんは素朴で温かみがあったよ」

私の興奮ぶりに、姉は、あんたってすぐそうなんだから、と冷めていた。

翌朝、パソコンのメールボックスを開けると、孝夫からのメールが入っていた。

「速やかなご手配に、さっすが、と感心しました。そうですか。お骨はそのままでというわけにはいかないのですね。余談ですがあなたのいきなりの肉声にホントビックリ。なんか再会が楽しみだなあ、積もる話もあるしそのときはぜひ拙宅に一泊を……」

とあった。文字の間に絵文字などが入っている。パソコンは孫に教わりながら覚えたと初めてのメールに書いてあったが、確かに七十七歳の男性というよりは中学生のような絵文字が私を微笑ませた。それまではメールに絵文字は入っていなかった。文章も実務的であった。それが電話で話した後のメールは、文章も話し言葉になっていて、一気に私たちを近づけたのだった。

それからは決め事があるときにはメールでのやりとりをした。

墓仕舞いの段取り、進捗具合の報告の合間に、孝夫は趣味の詩吟や山行き、定期的に通う病院など、自分の日常を伝えてきた。彼は村の「民俗芸能保存会」に入っていて、九月の区敬老会アトラクションの練習を小学生と一緒にやっている、とあった。山行きや詩吟という趣味の仲間、地域での役割、また田は人に任せているが、五アールの畑仕事を持っている。定年までを役場で勤め上げたという孝夫は、「充実した高齢者像」、いや人間が良く生きていく生き方の典型のようだった。

二、三日して、孝夫から宅急便が届いた。開けてみると、茄子、キュウリ、カボチャ、インゲンが入っていた。同時に「よいようおさ」(平田秋祭り音頭)と書かれたメモが入っていた。私がメールのやりとりで、「民俗芸能保存」には「ヨイヨーオーサ」も入っているのなら歌詞を知りたい、と送信していたからだった。

若い衆　たぁのんだぁ　(よぉいさぁて合点だ)
合点が十段なら　ちとや語ろうかいよぉ
あぁ　よしたぁ　よしたぁ

歌詞を読んでも、私にはさっぱりわからなかった。記憶にも全く引っかからない。だが、※印で記された「よいようおぉさぁ　よぉいがさ」の繰り返し言葉は、子どものころの秋祭りで私も一緒になって繰り返して歌った言葉だった。

「ヨイーヨーオーサァ　ヨーイガサ」

呟いてみると、私の脳裏に原風景が蘇った。刈入れが終わったあとの秋祭りに、神社の境内で村人たちが輪になって踊る。櫓の上で喉の達者な古老が長い節を朗唱するのを引き取って、別の古老が即興で掛け合いのように歌いだす。すると踊り手たちが一斉に「ヨイヨーオーサァ　ヨーイガサ」と合いの手を入れる。踊る輪も十重二十重に広がり、神社の境内は人でごった返していた。オレンジ色の裸電球。アセチレンガスのにおい。戸板の上で売られる玩具。葡萄、梨……。

長い歌詞はどの行の言葉も全く覚えがなかった。唯一覚えているのは「ヨイヨーオーサ」であったが、孝夫が書いてきたのは平仮名だった。私が覚えている感覚はカタカナだ。平仮名の字面は微妙に私の記憶と違う気がする。また即興だと思っていたものには、きちんと歌詞があったのだった。子どもにとって歌詞など知らなくても、太鼓と歌のリズムと合いの手だけで充分に楽しかった。

「民俗芸能保存会」なるものができているということは、それだけ村の当たり前だった行事や祭りがそのままでは立ちいかなくなってきた、ということでもあるのだろう。いまでも「ヨイヨーオーサ」は村をまとめる共同体意識の中心として存在しているにちがいない。

故郷に愛着はないと思っていたから、孝夫が送ってくれた「よいようおさ」によって記憶が揺さぶられ、呼び起こされた感傷や、懐かしさを増幅する情緒に、私は自分自身意外な心持ちだった。

しばらくして孝夫から、菩提寺の住職との打ち合わせで「魂戻し」は九月二十七日午後一時半から三十分と決まった。だが、「納骨堂」建設の件は、市役所で火葬場の敷地内にお骨を預かる共同墓を作ったので、お寺の計画は白紙になったと知らせてきた。そこで共同墓に入る手続きについて市役所に電話し、当事者からの申入れが必要ということで、私の氏名を伝えてあるから、私の方から連絡を取ってくれというのだった。また電話応対した市職員の名前は金子さんだとまで書かれてあった。孝夫の几帳面さと面倒見の良さ、親切さが満ちていた。

父のお骨の「新居」はお寺、と思い込んで安心していた私は、慌てた。すぐに孝夫から教えられた市役所の金子さんに電話した。孝夫と違ってその女性には少しの訛りもなかった。村にある墓の改葬なので共同墓に入る資格はあるが、私は住人ではないから、代理人を立てること、使用料は骨壺一口十万円、使用期間は納骨から三十三年間、その後は骨壺から取り出し無縁墓に合葬、と概略を説明してくれた。そして必要書類と許可事務手続きとして「墓地利用許可申請書」、申請者の「住民票抄本」、「代理人の住民票抄本」、「父の原戸籍」、「私と父との関係がわかる戸籍謄本」、その他に「改葬許可申請書」は墓地管理者である区長の印が必要となる、とてきぱきと手続きの道筋を話してくれた。

私は再び孝夫に電話し、代理人となっていただけないか、と頼んだ。

「そんなことは何でもねえことだて」

孝夫は快諾してくれた。私はついでのように、

「敬老会で孝夫さんが今年もヨイヨーオーサを歌うのですか。一度聞いてみたい気がします」

といった。

「平田区敬老祝賀会は九月十日だすけども、毎年民謡と踊りばっかりだすけ、マンネリでの」

と笑いながらいった。

「私はもう長いことマジックサークルに入っていて、ボランティアで月に一回デーサービスに行ってショーをしているのですけど、もしよかったら出演しましょうか」

「ほぉー、東京からのゲスト出演となれば、これぁ、一同大歓迎すること間違いなしだなあ」

私は急に思いついたことを口にしたのだったが、孝夫は大いに乗り気になった。

孝夫から数十年ぶりの手紙が来てからもう二ヵ月過ぎていた。その間直接電話で話したのは数回で、あとはメールでの打ち合わせだけで「墓仕舞い」を進めることができた。孝夫がいたからこそであった。私が飛入りを申し出たことを喜んでいる孝夫に、何か物ではないお返しができそうで、また私もうれしかった。その上「ヨイヨーオーサ」が聞けるかもしれないのだから、こんなうれしいことはない。

「平田区敬老祝賀会」の日、私は衣装や道具類が入った大きなキャリーバッグを引きずり、東京駅から二階建上越新幹線「MAXとき305号」に乗車した。売店で朝食用のサンドイッチを買って二階部分に席を取った。車内はがらがらだった。

一番初めの手紙で孝夫は、浦島太郎の心境になりましょう、と書いてあった。上越線に乗るのは何年ぶりになるのだろう。いつ帰ったのかさえ記憶にないほど、長いこと上越線に乗っていなかった。

「とき」は一時間半ほどで、孝夫が待っている浦佐駅に着いた。改札口に向かう客はまばらだ。改札入り口近くに男性が一人いた。他に人の姿はない。おそらく孝夫に違いない。キャリーバッグを引きずりながら改札口に向かう私に、その男性がニコニコとして片手を上げた。

「孝夫さんですね」

「いやあ、どうもどうも」

数十年ぶりの対面の最初の言葉はそれだった。じっくりと見れば、何となく目のあたりに見覚えがある気がするが、どこかですれ違っても多分わからないだろう。

駅の構内にも人が見当たらなかったが、エレベーターで降りた駅の駐車場の周辺にも人は見当たらない。新幹線が停まる駅だというのに、とにかくどこにも人の姿がなかった。

軽自動車で来ていた孝夫の隣に乗ると、敬老会のプログラムを手渡された。孝夫がパソコンで作ったのだという。彼岸花のカラー写真付きで、八種目あるうち三種目は幼稚園児から小学生までの踊り、三種目が大人の踊り、一種目が詩吟、そして最後に私のマジックであった。千葉からの特別ゲストQちゃん、とわざわざ色を青に変えて「芸名」を印刷してある。

　私が生まれ育った村は、二〇〇四年に二町四村が合併して市になっていた。車で走るうちに一〇〇円ショップや家電販売店、ラーメン店など全国展開しているチェーン店の大きな看板が目についたが、やはり歩いている人や自宅の前などに出ている人はいない。走る車の量も少ない。このような閑散とした風景は、地方の至る所で似たような状況なのではないだろうか。

　私が高校に通っていたころ、商店街には「雁木」という雪よけの屋根が連なってアーケードのようになっていたが、そのような物は見当たらない。消雪道路とブルドーザーで除雪されるから、一年中車を走らせられる。そのことは知っていたが、町は私が知っていた姿ではなかった。それは新潟でも群馬でも静岡でもほとんど変わりがないであろう個性のない小奇麗な町の姿だった。新しくきれいであるが生気が感じられない。何より人がいないのだった。

　孝夫はわざわざ旧道を走ってくれた。それは細く、まるで路地裏のようであった。かつてこの道を、アニメの「猫バス」のようなバスが走っていたのだった。旧道はおぼろげな記憶を呼び戻すタイムマシーンだった。田んぼは稲が熟していて黄金色一色だ。そのはるか向こうに越後三山といわれている八海山、中の岳、越後駒ヶ岳の山並みが青く靄っている。新潟に住んでいたときにこの風景は日常で、美しいと思うことなどなかった。だがいま私はどこを見ても、朽ちかけた納屋を見てさえ、美しいと思える。

時間があるというので孝夫の家に寄った。家は、以前私の家があった場所に建てられていた。母が故郷をあとにした二、三年後に建てたのだという。それを聞いたとき一瞬胸が痛いような複雑な感情がよぎった。あの貧しい小さな家。だがその赤い屋根の家は大きくてきれいで見知らぬ顔をしていた。

家の脇を流れていた堀は残っていたが、昔のように洗濯の濯ぎができるような流れではなく、チョロチョロした流れだ。裏には丹波栗の大きな木があったが、そこは車庫となり、その前には新しく舗装された道ができていた。私の家と本家との間には、シャクヤクが咲き、梅もスモモもあった。坪庭もあった。たな（池）もあった。

いまは、広い庭には飛び飛びに庭石が置かれ、バーベキューができるようになっている。絨毯のようにふっくらとした苔が緑濃く密集している。草花は、私の家にもあった菊や鶏頭や百日草のような「昔」の花ではなく、クリスマスローズやユリオプシなどのカタカナ名前の植物が葉を茂らせていた。

「平田区敬老祝賀会」は九時から始まっていて、孝夫の七五歳の妻てい子さんは、今年から招待客となってすでに公民館に行っているという。公民館に着くと、大広間で着替え中の出演者や子どもたちが出番を待っている間を、孝夫は平気で声をかけながら私を控室へ案内した。

　私の出番は十一時からで演じる時間は十五分、といわれている。私のキャラクターは「道化師的マジシャン」。赤い鼻をつけ、支度を終え舞台の袖に立っていると、子どもたちが興味深そうに遠巻きに見ている。司会者の「千葉からわざわざ来てくれましたマジシャンのQちゃんでーす」の声で舞台に飛び出していった。客席は座卓が向き合う形で三列、ざっとみて六、七十人はいるだろう。

　お客を舞台に上げたり、わざと失敗したり、もちろんここぞという見せ場ではオオーッと声が上がる。たちまち時間が過ぎる。ちらと来賓席を見ると孝夫も他の来賓も笑いながら手を叩いている。もう少しやっていても良さそうだった。結局三十分も舞台に立っていた。終わってお辞儀をしていると、女性が私に祝儀袋を持ってきた。するとまた誰かが恥ずかしそうにポチ袋を持ってきた。予想もしていないことだ。孝夫の方を見ると、もらっておけ、と目で伝えてきた。

　そのあとにスタッフの慰労会があり、私も列席することになった。男女三十人以上が集まっている。テーブルの上には、刺身や唐揚げ、ふる里の郷土料理でもあるゼンマイの煮物、漬け物などが並んでいる。

区長の挨拶と乾杯が済むと一斉に酒を注ぎあう。私のグラスにも前や脇からビールを注ごうとする手が差し出された。

誰かから、あれをやれや、と声が上がった。すると、待ってくれや、もうちっと酔わねえと、などといいながらよろよろと孝夫が立ち上がった。太鼓、尺八、三味線を持った男女が彼のそばに集まった。阿吽の呼吸である。

「それじゃあ『佐渡おけさ』を」

孝夫が背筋を伸ばし、「ハアーア」と一声上げると、ばらばらと女性たちが立ち上がり、舞台下の空間で踊り始めた。私も「佐渡おけさ」が好きだったので手拍子しながら口ずさんでいた。隣の灰色の作業服姿の男性がビールを私に注ぎながら、

「おめえは高橋の映子か、じゃあ姉さんは俺と同級生の律子か?」

と話しかけてきた。私は、

「あなたのお名前はなんといいますか?」

などと聞いたが、こんな言葉を使う自分に白々しさを感じる。おめえさんは誰だて、などと方言を使いたくても、やはり私には使えなかった。

「おれか、おれぁ、ケンコウどんだて」

「ああ、ケンコウどん、覚えていますよ、確か牛を飼っていた」

「そうだ、乳牛だて。六十頭いるよ」

私にはそれが乳牛だとは知らなかったが、稲作中心の村で牛を飼っている家があったことを不思議に思った覚えがある。二人で話しているところへ、今度は別の男性がビール瓶を持ってやってきて、私の脇にでんと腰を下ろした。

「ほら、これがミツバ屋だ」

「えっ、ミツバ屋ってあの雑貨店?」

「もう昔の場所ではなく、駅の方に移ったけどの」

彼は人の良さそうな顔で、私にビールを注いだ。駅といっても只見線という一日四往復しか走らないローカル線で、乗客など数えるほどだ。ミツバ屋やケンコウどんという屋号は、次々と私の記憶をかき混ぜ揺さぶりはじめた。

「おーい、ケンコウどん、映子がヨイヨーオーサを聞きてえっていうから、おめえさんも加わって歌えや」

孝夫が酔いの回った赤ら顔で、隣に坐り込んで私と話していたケンコウどんに声をかけた。

「歌詞がねえとなあ」

そういいながらも、ケンコウどんはまんざらでもなさそうに腰を上げた。孝夫が、

「若い衆　たあのんだあ」

と声を上げた。

すかさずケンコウどんが、

「よーいさあて合点だあ」

と合いの手を入れる。

するといままで坐って、酒を飲んだり、見ていた男たち女たちがわらわらと立ち上がり、
テーブルを挟んで輪になって踊り始めた。

「わたしゃあ世間から　いま出た野郎だいヨーホー」

と孝夫が歌う。踊り手たちが一斉に、

「ヨイヨーオーサァ　ヨーイガサ」

と声を合わせる。

それまで坐って拍子を取っていたが、私も踊りの輪に加わって、

「ヨイヨーオーサァ　ヨーイガサ」

と声を出した。

途端に、グッと喉が詰まって声が出なくなった。グッグッとこみ上げてくるものがある。

眼の奥がうるうるしはじめる。なんだか声が……、と隣の人に動揺していることを気取られ

ないようにいい訳をしようとしたが、その声さえも震えている。

あれっ、これはどうしたことだ、なぜ涙が滲み出る、ただ輪に入ってヨイヨーオーサと声を発しただけではないか。私は温かい気持ちで座のなかにいて、笑いながら手拍子を打っていた。だがそれは部外者の、標準語を使う私だった。ひとたび立ち上がってみんなと唱和しようとしたとたん、胸がギュッと締め付けられ、それからグッグッと喉元が締め付けられ、私は彼らと同化した、と思えた。多分、私はふる里のただなかにいて、それがとても温かいものだと感じたのだ。

少し落ち着いてから再び踊りの輪に入ったが、身体が覚えていて造作なく踊れた。みんなと一緒にヨーヨーオーサァ　ヨーイガサと唱和した。少し照れがあったが、すぐに照れはどこかに飛んでいった。

日帰り予定なので宴もたけなわの最中で中座した。孝夫が酔っていたので、てい子さんに迎えに来てもらった。ちょっと時間があるから、と本家の孝夫の家に寄った。

「よかったてぇ」

と、てい子さんがマジックショーを褒めてくれた。言葉を多く発するわけでもなく、かといって寡黙でもない。六十年ぶりの夫のいとこに対して、まるで昔からの知り合いのように普通に話し、普通に接する。

孝夫が迎えに来たときと同じように、今度はてい子さんの運転で、新幹線駅まで送ってくれた。この駅に降り立ったのはわずか五時間前。「墓仕舞い」の問題が起きなければ、「ふる里」との出会いはなかった。それは長い長いふる里への旅だったように思われた。

新幹線のなかで、私はこみ上げてきたものの意味を考えていた。まさか、ヨイヨーオーサを聞いただけで胸が詰まるなどと、自分では思いも寄らないことだった。

子どものころ「本家」と「分家」の違いを意識していただろうか。本家の家は大きな茅葺き屋根の家で、私の家はその三分の一もない小さな家だった。貧乏なのは病気の父が小学六年生のときに亡くなり、稼ぎ手がいなかったためだと思っていた。母が家を畳むとき、父の姉夫婦がいろいろと手助けしてくれ、最後に見送ってくれたのもその三郎伯父だったという話を、母から何度か聞かされたことがある。家を畳み荷物を処分することは、女一人では大変だっただろう。母は当初、その義兄にあたる三郎という人を感謝を込めて私に話したが、引越し時の本家の話は聞いたことがなかった。本家の伯父はそのときどうしていたのだろう。家を畳むにあたって、本家と何か確執でもあったのだろうか。母の話はもっぱら自分の実家の話であって、本家の情報が私の耳に入ることはほとんどなかった。付き合いもない、情報もない、これらのことが幾層にも重なって、本家すなわちいとこへの感情も薄いものとなったのだろうか。

母が家を畳み姉と同居することになった段階で、私は帰る「実家」をなくした。帰る場所のない身を自覚したときから、故郷はないものと思って生きてきた。風景や記憶だけなら子ども時代のあれこれを思い出すことはできる。しかしそこに介在する人間との関わりがあってこその故郷なのではないか。

ヨイヨーオーサを聞いた瞬間の心の震えは、理屈ではなかった。私の根元にはヨイヨーオーサの土地があり、それを取り巻く風景と、そこに住む人たちの醸し出す言葉と雰囲気、そして細々とであっても関係が途絶えなかった血の繋がりなどが、ヨイヨーオーサを聞いた瞬間共鳴しあったのかもしれない。

帰郷した翌日にはもう孝夫からアトラクションの感想のメールが届いた。

「先日は大変ご苦労様でした。あまりにもあっけなく一日が終わってしまって、いまになってようやく思い出に浸っています。敬老会参加者は、異例のアトラクションに揃って感動したようですよ。脇で見ていて、皆さんに大変好評だったと思っています。翻ってあなたにとっては、正に浦島太郎の心境で故郷が見えたことでしょう。見方を変えればどこも同じ個性の無さ、でも心に残る若い日の楽しさ・苦しさ・おかしさ・哀しさ、その他もろもろの個人的な思い出がゆっくりと、じんわりと滲み出ることでしょう。やっぱり誰にも「フルサト」というものはあるのですよ。あなたを駅に送ってからああしてやりたかった、こうもしてやりたかったと、とりとめのないことを考えるばかりで、馬鹿な義兄？　ですね」とあった。あえて義兄と書いてきた孝夫の心情は、私をゆっくりと包み込んでいった。喜んでもらえたことにほっとすると同時に、孝夫の思いがしみじみと伝わってきた。

「墓仕舞い」の方も父の改正原戸籍を取り寄せる為に、まず七百五十円の小為替を市役所に送る、そうして父の戸籍謄本が私の手元に。父との関係を証明する私の戸籍謄本と住民票を父の戸籍謄本と一緒に市に返送、再び市から墓地利用許可決定通知書が利用料納付書と共に届く。納付書に従って共同墓使用料骨壺一口分十万円の振込み、振込み確認後、ようやく墓地利用許可証が私の手元に届く。

人間は、ただ死ぬだけでは済まない。次々とお役所の印鑑が捺され、その書類の山の中でようやく、「死者の身動き」がとれる。書類に支配されているようにさえ思えてくる父の骨は、これでひとまず「新居」が決まった。


孝夫が菩提寺に「魂戻し」のお経をあげてもらう予約を取ってくれていた九月二十七日、私は再び新潟に向かった。今回は孝夫の家に一泊することになっていた。この前と同じように旧道を通ってくれたが、たった三週間で黄金色だった田は刈入れが終わり、風景は全く違った色をしていた。都会ではせいぜい春、夏、秋、冬の変化くらいはわかるが、ここでは一週間、一ヵ月間、あるいは一日で突然季節が変わるにちがいない。刈入れが終わってしまったせいか、人の姿は相変わらず全く視界に入ってこない。

本家に着くと、てい子さんがまるで昨日も会っていたように普通に出迎えてくれた。孝夫は蕎麦を打つといってタオルで鉢巻きをして、早速用意をはじめた。布海苔を煮立て、ケヤキの一枚物で代々伝わっているという大きな捏ね鉢で、力を入れて蕎麦粉を捏ねはじめる。黙々と力を入れて捏ねる。てい子さんが湯を沸かしながら、

「定年後に蕎麦打ちを習ったんだて」

と夫を見ながらいう。孝夫は、フッフッと息を吐きながら捏ねる。蕎麦は捏ね方と茹で方でほぼ味が決まる、という。次にテーブルに蕎麦を伸ばす板を敷いて麺棒で伸ばし、何層にも畳んで切っていく。

「映子、お前もやってみるか」

孝夫は初め映子さんといっていたのが、そのうちあんた、となり、そしていまは子どものころと同じように、映子と呼び捨てにした。「さん」が外れたことで、私は「昔」に還った。同じ幅に切るのは難しいが、思いがけずに蕎麦作りができた。蕎麦が茹であがってきた。麺つゆもてい子さんのお手製。薬味はみょうが、あおじそ、ねぎ。てんぷらはさつま芋、シソ、茄子、シシトウ、カボチャ。すべて自分の畑の作物だという。子ども時代、蕎麦など食

べたことがなかったから、日常でも蕎麦は苦手、と思っていたのだが、とても美味しい。何でも美味しい。

蕎麦を堪能した後、お寺に向かった。お寺の記憶は私にはほとんどなかった。本堂で孝夫と並んで坐って、住職の上げるお経を聞いている。あまりにも「父の死」は昔であったから特別な感慨はなかった。ふと住職の上げるお経の中に「抜魂」という言葉が聞こえた。石材店は「魂戻し」といっていたが、新聞には「墓仕舞い」とあったし、孝夫は「開眼戻し」ともいっていた。私には墓仕舞いが一番ぴったりくるように思えた。

父の骨はいままで魂が宿っていたのだが、これによって骨はただの物となったのか。宗教的儀式を知らない私がそんなことを考えているうちに、お経は終わった。金額は孝夫が古老に聞いてくれていた、施主ならこのくらいという村の相場らしき金額を私はお布施として包んだ。

寺から帰ると孝夫は着替えして、

「イワッパラに芋掘りにいこういや」

という。一泊する私のために孝夫は、ふる里を見せたいといろいろ考えているのだろう。

てい子さんのゴム長と日よけ帽子を借りて車に乗った。

ハツカッピラが廿日平という漢字だと知って驚いたが、イワッパラは上原という漢字だと聞いて、また驚いた。

イワッパラは、小高い山でてっぺんは畑になっている。私の家も畑が少しあってサツマイモなどを作っていた。子どもも草取りの手伝いをするのは当たり前のことだった。切り開いた山肌をうねうね登らなければならないイワッパラは、子どもにはきつい労働だったが文句はいえない。帰りは芋を背負うから、その重さがまた辛い。雪が降る前の晩秋、収穫された芋の半分は山の途中にある「芋穴」という切り開いた山肌に掘った横穴に、雪解けまで保存する。春先、その芋を取り出すとき、冬眠中の蝦蟇に触ったグニャッとした感触、芋俵の腐った臭いがたまらなく嫌だった。だが半年近く雪に埋もれる豪雪地帯の生きる知恵であったのだと思う。

車で走る途中の山肌に鍵のかかった扉があった。

「あれが芋穴だて、昔は三ヵ所あったが、いまは一ヵ所だけ入り口を封鎖して、歴史として保存してある」

と孝夫はいった。「歴史」的なものという認識が、私には妙に心に迫った。突然視界が開けた。山の頂上は車の走る道の両側一面にコスモスが咲いていた。

「昔の面影はないだろう、このコスモス畑は四五〇〇平米あるんだ。畑地を測量してそれぞれの持ち分で土地を分け、残りは市に寄付して整地をし、その跡をコスモス畑にしたのだ。

来るよ」

ここの測量は俺が指揮したんだて。コスモスの盛りのときは結構遠くから観光バスがやって

役場勤めをしていた孝夫は、測量技師でもあったという。

この日も観光バスが二台止まっていた。盛りどきはさぞかし素晴らしかっただろうと思える。山の端から眺めると、遙か向こうに薄ぼんやりと見える越後三山。ずうっと手前、イワッパラの裾野辺りに集落が固まっている。孝夫もそばに来て、

「いい眺めだろう、でも、限界集落ってやつだて。映子がいたころは小学校四校と分校が二つもあった、いま小学校は二校、中学校も一校だけ、要するに人口の五〇%以上が六十五歳以上、村の共同作業が維持できなくなってきているってことだな」

と何でもないことのようにいった。まさに父の墓仕舞いもその結果であるのだ。

「この畑は三反、芋と大根が三畝、コンニャク一畝、蕪にカボチャ、食用菊が二畝、まあそんなとこだ」

そういって孝夫は芋の株に鍬を入れた。私が引っ張ると大きな芋がごろごろっと出てきた。

「二週間前に掘ったときはまだ細かったんだが、太るのが早い。ほら耕作できなくなった畑がいっぺいあるだろう。畑があっても車の運転ができなくなったり、山に登って来れなくなったからだ、俺も七十七、あと何年やれるか……」

周囲を見渡せば孝夫の隣の畑も草茫々、あちこちに転々と荒れ地がある。せっかく同じ大きさに整然と整地された畑も、「限界集落」と孝夫がいうように手を加える人がいなく放置されたということだった。たまに帰って来て山の上から眺めれば、心洗われる景色が目の前に広がる。だがそこで暮らしている人たちには、また違って見えるかもしれない。

都会でも似たような状況は起きている。あちこちに作られた庶民のあこがれであった大マンション群。子どもたちが巣立ち、残った親たちは高齢化して、都会といえども限界集落と変りない。買物や医者通いといった日常生活を維持するのさえ困難だというニュースを頻繁に耳にする。地方も都会も、至るところが限界集落となり、繁栄しているかに見えるのは大都市のほんの一部。しかし大都市では人口の集中によって、今度は保育所がなくて、働きたくても働けない人とか、小学校が過密化しているともいわれる。一方、眠らない街では超過労働を強いられる人たちもいる。東京にあらゆることが集中してしまったこの小さなニッポンという国は、一体この先どこに行くのだろう。

山から下りると孝夫はすぐにさつま芋やコンニャクイモ、間引きした大根の葉の処理をはじめた。

「映子さん、あなたの荷物を二階に上げておきましたからね。早めに風呂でのんびりしてくんねかの」

台所仕事をしていたていい子さんがいう。二階に三部屋ほどあるうちの六畳の和室に私の荷物が置いてあり、すでに隅の方に布団が畳まれ積んであった。着替えて風呂場に行ったが、まだ外は明るく、開けっ放しの窓から稲刈りの終わった田や隣家が見える。子どものころ、私の家の窓から本家に向かって「ボチャ、空いたけー」と叫ぶ。あるいは本家の方から「ボチャ空いたぞー」とお呼びがかかる。私たち母子は着替えを持って本家に「風呂をもらい」に行く。多分そのころ父もいたと思うが、私の記憶では父と一緒に本家に風呂をもらいにいった記憶がなぜか欠落している。本家と分家での当然のこと、として気兼ねした記憶が私にはないが、羞恥心を抱く年ごろの姉はまた違った思いがあったかもしれない。そんな子ども時代を思い出しながら、知人の家でもない、また「他人の家」でもない家の風呂につかって、しばらく目を閉じて肩の力を抜いて湯のなかでじっとしていた。

二階で布団を敷き、荷物の整理をして降りていくと、孝夫も風呂から上がった赤ら顔で、「おう、待ってた、待ってた」

と冷蔵庫から缶ビールを出してきて、私のグラスに注ぎ、自分のグラスにも注いだ。

「やあ、はあて、うれしいのう」

そういって乾杯をすると、孝夫はうまそうに一気にビールを飲み干した。テーブルにはゼンマイの煮物、イワッパラから採ってきたばかりの間引き大根のおひたし、キュウリやトマト、蕪、葉ものの野菜のサラダなどが並んでいた。昼間多く作りすぎた蕎麦もあった。てい子さんはキッチンでまだ何かをこしらえている。
「こっちに坐って、一緒に飲みましょうよ」

私が誘ったが、

「おら、酒は全然飲めねいんだて、田舎だからなあんもないけど、いっぺい食ってね」

と仕事の手を休めない。

「おう、てい子、おめえもちっとこっちに来て一緒にいろや」

孝夫はビールを私に勧めながら、自分は地酒の緑川を一升瓶のままテーブルに置いてある。

「おれぁ、ほんとにうれしいよ、何十年ぶりでまたつながりができたんだから」

そういいながら、孝夫は何度も一升瓶を持ち上げる。

「もう、やめれ、てえ」

と、てい子さんが夫をたしなめる。

「でもたのしい酒だから、いいじゃないですか」

だいぶ酔ってはいるが、孝夫の陽気さは見ていて気持ちがいい。また、私が来たことをうれしがっている様子が、身体全体で伝わってくる。

「この前は前歯を二本折ったんだて、その前はどっかの堀に落ちて怪我して……」

ていこ子さんは顔をしかめながらも、しょうがないなあといった顔である。

「そうなんだよ、前歯が、二本、どっかへいっちゃったぁ」

と孝夫はゲラゲラ笑う。てい子さんもあきれ顔で笑う。

「律子も来ればよかったのになあ、なあ映子」

「姉は仕事があるからねえ」

「律子は俺を嫌って来ねえのかなあ……。子どものころはいじめたかもしれない……。俺ももうちっと分家のことを考えれば良かったかもしれねえ……」

一人呟いていた孝夫は、そのうちころっと寝てしまった。

本家と分家、六十年断絶していたことに何か孝夫は負い目でもあったのだろうか。私が故郷に愛着がない、といったことも、彼の心に何か刺さるものがあったのだろうか。

翌朝八時半ごろ階下に降りていくと、テーブルには大きなおはぎが重箱に詰められてあった。何種類もの漬け物や野菜たっぷりの味噌汁。その上おはぎのような手間のかかるものを朝作った、というので私は驚いた。

「たいしたことねえこてえ」

てい子さんはこともなげにいう。

「野菜など自分たちで食べきれないから、子どもたちに送ったり姉妹に送ったりしても、あんまり喜ばれない。もったいないから冷凍にしてあるんだて」

と冷凍庫を開けて見せてくれた。小分けされた袋が平に延ばされてぎっしりと詰まっている。整然とした詰め方にてい子さんの性格が表れている。それだけでなく車庫にも、冷凍庫が二台あるという。

「これだけあれば数ヵ月は生き延びられるわね、わたしなんて、もし何かあったら、二日で食糧が尽きるような生活だわ」

食後、子どものころよく遊んだ神社に出かけた。十重二十重と膨らんだヨイヨーオーサの踊りの輪のことなど想像できないほど境内は小さかった。もう還ることのない子ども時代へのノスタルジーに浸れるのは、ここがまぎれもなく私のふる里だからであろう。

神社の脇には只見線の走る線路がある。夏休み、汽車が走り去った後の銀色に光るレールに耳を当てて、遠のく音を聞いたものだった。雪に埋もれ見えなくなった線路を、ラッセル車やロータリー車が雪を吹き飛ばして走るのを見に行ったものだ。だがどれもこれも小粒になっていた。

戻ると、てい子さんが私の同級生の民恵さんをわざわざ電話で呼び寄せてくれていた。てい子さんは民恵さんに朝作ったおはぎを勧めながら、私たちの間を取り持った。私たちは中学卒業以来会ったことがなかったから、親しい感情は特別に起きなかったが、民恵さんの農業に対する自信は気持ちよかった。

「今朝も､菜っ葉を十束農協に持って行ってきたんだがの。さっき行ったらもう一束しか残っていなかった。やっぱり不揃いの野菜をぽんと出すんじゃなく、束ね方や並べ方にも気を遣わないとね」

などという。もともと農家に生まれた民恵さんは、中学を卒業して地元の農協に勤めながら、いまは再び専業農家として野菜などを農協に出荷しているという。

「アスパラガスの根を買ってきて、大きな植木鉢に植えたのだけど、針金のような物しかできなかったわ」

私は初めて挑戦した野菜のことを話した。

「ああ、そんなんじゃだめだめ、肥料はやったの？　日当たりは？」

二人がほとんど同時に、私のやり方に声を上げて笑い、プロらしく民恵さんは肥料の名前を出して説明してくれたが、私にはとても覚えられない。

「田舎にいると、季節季節にやることがあるから忙しくて退屈なんてしていられねえて」

農婦の民恵さんの日々は充実しているようだった。土地があり家を継がなければならなかった民恵さんは､中学卒業後東京に出たかったという。東京に出ていく同級生が羨ましかったという。土地のなかった私は、地元に残ることなどありえなかった。いまの民恵さんには自信と生活の充実が感じられた。
「故郷はやっぱりいいもんでしょう。これで繋がったんだからこれからも度々来てくんねかの」
とてい子さんはいった。

市役所環境課に代金を振込み、書類もすべて整ったので、あとは石材店で墓の整地を終えた後、共同墓へ納骨するだけになった。孝夫や私のスケジュールを調整して、納骨日は十月十七日と決めた。初めて孝夫から手紙が来てから、動きがあるたび姉に報告していたが、ほとんど私一人で物事を決めてきた。最後の納骨くらいは姉も同道した方がよいだろうと姉にそれとなくいうと、思いの外、即座に、行く、という。姉には姉の思いがあるに違いない。最初、墓仕舞いの動きを話しても身を入れて聞いているようには見えなかったが、故郷のあれこれや、孝夫夫婦のあれこれを聞いているうちに、会ってみたい、見てみたいという気持ちになってきたようだ。

孝夫にメールしたら喜ぶだろう、私はパソコンに電源を入れた。いくつかのメールの中に孝夫からのメールが入っていた。サブジェクトに「急告」とあった。何事かと本文を読むと、いつもの挨拶文は抜きにしていきなり、石を撤去したら、なかは空洞で何も入っていない、と石材店から連絡があった。納骨のスペースはちゃんと取られてあるから、一旦納骨後にいずれかへ移したのでは、と石材店はいっているが、おかあさんに聞いてわかるでしょうか？というものだった。

孝夫も石材店も驚いた様子が、メールからも伝わってきた。

骨壺がない！　父の骨がない！

父が亡くなったときは土葬だった。そのとき石塔を建てる金もなく、父の墓はしばらくは木の卒塔婆だった。それから少しして小さな小さな石の墓を建てた。母はなんとしてもきちんとした石塔を建てたいと強く思っていたのだろう。私が高校を卒業し社会人になった二十代後半のころと思うが、母は父の墓を整地して石塔を建てた。収入とてない母がどのようにしてコツコツ貯金したのか、母は自力で石塔を建てた。土まんじゅうの上の小さな石塔だった夫の墓は､母にとっては屈辱であったのだろう。今度は石の下に部屋のある立派な墓だよ、という母の言葉を私は微かに記憶していた。骨壺を入れる「かろうと」を作ったはずだった。だがそこには骨壺も一片の骨もないというのだった。

日を置かず孝夫から、Ａ４二枚に合計十六枚の写真を印刷した物が手紙と一緒に届いた。着手前・蓋の撤去中・納骨堂の内部・枠石撤去等々と、写真の脇に順番に作業過程が書かれている。丁寧にもトラックに重機で石を乗せている写真まであった。そして肝心の骨は石材店の代替わりでよくわからないが、骨壺がないということは共同墓への納骨権利金十万円はどうなるのか、市役所に電話照会した、とある。納骨の日取りは決めてあるのだから、その日に市役所と直に話し会うことにしたいがどうだろう。という手紙が添えられてあった。

これまでしてきたことは、骨壺を移動するための奔走、手続きであった。この手間暇かけた行動は、いったい何のためだったのか。魂戻しのお経をあげていただき、骨から魂を抜いたら骨までなくなった。しんみりと敬虔に執り行った一連の儀式はなんだったのか。骨の行方の心配より、その結末に私は大声で笑いたい衝動に駆られた。

姉に報告に行くと、

「ええっ……じゃあ、とうちゃんはどこに行ったのだろう」

と不思議そうな顔をしたが、そのいい方がおかしいと二人して笑いあった。不思議ではあっても、名もなき父の骨が盗まれることはあり得ないから、六十年経って本当に土に返ったんだね、ということになった。

それでも孝夫の手紙に、母に聞いてみてくれ、とあったから、私は久しぶりに老人ホームの母に会いに行った。「墓仕舞い」のことは伏せて、孝夫から送られてきた墓の、まだ動かす前の写真を見せると、感慨深そうに、とうちゃんが入っているよ、という。石材店の名前もしっかりと覚えていた。私はさすがに骨がなかったとはいえなくて、母の辿ろうとする世界に黙って付き合った。しばらくすると母は、とうちゃんは頭が良かったんだよ、と指を頭の所へ持って行く。しばらく沈黙の後また、とうちゃんは頭がよかった、と指を自分の頭に持って行く。私は、へえーそうだったんだ、と応じる。それから壁に貼ってあるひ孫と写った写真や私と夫の写真に目をやり、あんた、結婚は？　と聞く。結婚したって話したでしょ、ほらあの写真の人よ。ああ、そうぉ結婚したの、そう、結婚したのね、と母は繰り返す。そしてしばらくするとまた、あんた結婚したの？　と聞く。六十過ぎまで娘が一人でいたことについて、どうして結婚しないのか、と私に面と向かって聞いたことはなかったが、気にかかっていたのだろう。それからまた、セピア色の世界に戻った母は、いろいろの思い出があるから楽しい、いまが一番しあわせ、といった。

結局、新しく整地したときに骨を取り出さなかったのではないか、ということが一番妥当な答えと思われた。母はそこに父がいると思っているし、自分もそこに入ると思っている。それならそれでいい。

墓から取り出した骨壺を納める日は前もって孝夫と話し合っていたので、とにかく市役所との話し合いは納骨と決めていた日にした。

今回は姉も同道すると孝夫に伝えてあった。孝夫はいつものように改札口で待っていた。姉を見ると、

「おう、律子」

と片手を上げた。姉は、

「孝夫」

と昔から呼んでいたように呼び捨てで呼んだ。それで、もうよかった。

車でまずお墓のあるハツカッピラへ行くことになった。姉は閉めた窓から食いいるように外を見ている。車が私たちの村に入ると、走るたびに記憶が浮き上がってくるのか、あの家はマタジローだよね、とか、たしかシロエムエモチの同級生が、などと家号を次々と口にする。孝夫がそのたびに、あそこはもう誰も住んでいねえ、とか、子どもは東京に出て行ったから年寄り二人だけだ、などと説明する。私には姉の口にする家号やその家の人たちのことはおぼろであった。車が走るにつれて姉の気分は高揚して、声も弾んでいる。

墓地への道は舗装されていて、車でハツカッピラの麓まで行けた。父の墓所は、掘り起こされた後を山砂で埋めた跡が丸く白くなっている。父の骨はこの下の土となっているのだろう。特別な感慨は起きなかった。

そのまま孝夫の家に寄った。姉も私が初めて来たときのように、庭を歩き家の脇の堀を、こんなに小さかった？　と驚嘆し、ここに家があったんだよね、と感慨深げだった。市役所に時間予約してあるというので、てい子さんとの会話もそこそこに再び車に乗った。

車の中で、今更お金を返して貰うのではなく、母も百歳を過ぎてこれから何年も先、ということはないだろうから、母のために予約する、という方向で行こうと思う、と姉と話し合ったことを孝夫に伝えた。

「そうなれば一番だなあ、いや、俺はこっちがキャンセルしたんじゃないんだから、そもそも入るべき骨がないんだから権利金十万は返還してもらうことになるかもしれない、と話したら、それはできない、と役所はいうんだよ。写真を見せて、こっちが嘘をついているのではない、ほら実際骨がないんだから返金できないってのは筋が通らないのじゃないか、といったら、困っていた。警察に骨探しを頼むわけにも行かないしな」

と笑った。六十年も経った骨の行方は、深刻さよりはふっとした笑みとなっていた。

エレベーターで二階に降りると目の前に、私たちを待ち受けるように、中年の男女と若い女性が背筋を伸ばして立っていた。

「やあ、この度は面倒をおかけしまして」

孝夫は電話でいったことなどなかったかのように、三人に向かって気さくに挨拶した。

「いやいや、とんでもないです」

と男性は硬い表情、並んでいる女性たちもにこりともしない。そして、どうぞ、と衝立に囲まれたテーブル席に案内した。私たちが三人、向こうが三人、何となくぎこちない雰囲気だった。孝夫が立ったまま、

「こちらがおとうさんのお骨を納骨堂に納める事になっている、山上さんと飯塚さんです」と、紹介した。私たちも頭を下げ、よろしくお願いします、といった。すると、課長の笹川です、と男性が自己紹介した。続いて隣の書類の束を抱えた四十代の女性が、真田です、と頭を下げた。最後に若い女性が、金子です、といった。

「ああ、金子さん、電話でいろいろ教えていただきありがとうございます」

一、二度電話で会話をし、丁寧にアドバイスしてくれた女性だったので、私は彼女に向かって親しい気持ちで話しかけた。だが、彼女は、いえ、というだけで、電話での応対と違って表情も声も硬いままだった。三人とも何かに対してスキを見せないように構えているといった感じだ。孝夫が世間話のように、今年の雪はどうだろうねえ、といっても彼らは相づちを打たない。仕方なく孝夫が、

「結局骨がどうなったかわからない、誰かが盗むほどの有名人でもねえしなあ」

と笑いながら本題に入った。そこで、

「今回、お骨がなかった、ということを聞いて大層驚きました。母も認知症でどうだったのか覚えていませんでしたし、石材店の方も代替わりで事情がわからないということで……」

と私がここまで話しても、とりつく島がない、というように彼らの表情は堅いままだった。

「実はお願いがあるのですけど、母も百歳になりまして、あっ、母の本籍地はここですので、

いずれそこに、と考えていますっ。父のお骨の代わりに母を入れることはできないでしょうか」

お願いするというういい方で話した。

「書類には誰の骨という名前にはなっていないから……、大丈夫ですが」

真田さんがすぐに応じ、そのあと、

「十万のお金は条例上返金できないですが、そういうことでの予約ということでしたら……」

と課長をちらと見ていった。

「書類はすべて済んでいるのだし」

と金子さんがいったが、いままでの雰囲気からするとだいぶその場が緩んできた。

「一ヵ月二ヵ月後ということではないのですが、何せ百歳を超していますので五年も十年も先ということは絶対ないと思います」

少し冗談まじりに私はいった。

「いやいや長生きして貰わないと。ああ、そうですかぁ」

課長が隣の女性を見ながら笑顔を見せた。

「全然問題はないですよ」

真田さんもそれに応じるように笑顔になった。するとようやく金子さんにも堅さが解けたような気がした。それからは、急に和やかな会話となって進み、母が亡くなった場合、「共同墓」

に入れる為の予約、ということになった。

「いやいや、それはよかった、ねえ課長」

もと市役所の職員で役人の事情も十分理解できる孝夫は、課長に気さくに話しかけた。

「じゃあ、後はどのようにしたらよいでしょうか」

「墓地利用許可証だけは大事に保管して置いてください。他はすべて手続きが終わっていますから」

金子さんは上司の真田さんに確認するようにしながらいった。

「ああ、よかった。おかげさまで助かりました」

私は姉と顔を見合わせながらいった。

「いただいた書類はどうしましょうか」

真田さんが手元の分厚い書類束のなかの、私から提出された部分を示した。

「もう不用なら捨てて下さってても結構です。あっ、でも書類を集めるのに苦労したから持ち帰ります」

すると真田さんは、こんな厄介事は早く手元から離れた方がよい、とでもいうようにすぐさま挟んである書類を抜き出し、どうぞ、どうぞ、とテーブルの私の前に置いた。疫病神を追い払いでもするかのような素早さだったので、

「役所としては余計な物はない方がいいよね」

と孝夫が声に出して笑った。

席を立ち、エレベーターが一階から二階に上がって来るのを待つ間、職員三人は立ったまま私たちと一緒に並んでいる。その間も彼らには笑顔があった。そしてエレベーターのドアが閉まるまで彼らは腰を折り、私たちに頭を下げていた。エレベーターの小さな箱の中で、私たち三人は声を立てないで笑った。

「さて、すんなり話がまとまったし、新幹線の時間にまだ間があるし、ちょっと家に寄ろうや」

と孝夫は車を自宅の方向に走らせた。

「どうだったて」

事情を知っていたてい子さんが孝夫にいった。

「うーん、金返せっていわれると思って、だいぶびくびくしていたんだろうのう」

「罰当たりないい方かもしれないけど父の骨がなかったことは、かえって母のこと考えると都合がよかった。でもあの人たちは金返せといわれると思って身構えていたんでしょうね。あの態度は豹変って言葉にぴったりだったね」

と姉が私にいった。あまりにも目に見えての変化だったので、三人ともそれを思い出しながら今度は声を出して笑った。

てい子さんが、家で作った野菜ばっかりで、といいながら栗おこわ、カボチャの煮物、手作りコンニャクの刺身、こってりと粘りのあるサトイモの入った豚汁などを用意してくれていた。姉は美味しい美味しいと箸を動かしていた。食事が一段落すると、

「とうちゃんの荷物を積んだリヤカーの後押しをさせられたけど、あれがたまらなく嫌だったわ、同級生にその姿を見られるのが恥ずかしかった、こんな村から早く出たいと思っていた……」

と、ぽつりといった。

陸軍工廠に勤めていた父が、戦争が終わって帰郷したとき、二間しかない小さな家とほんの少しの田と畑とを分家として分けてもらったが、それではとても食ってはいけないので、病弱の身体を押して綿の取り次ぎをしていた。姉の記憶は、そのときのことだ。打ち直しする古綿をうずたかく摘んだリヤカーを父が引き、後ろを姉が押す。多分急な坂道などでは、もっと力一杯押せ、と怒られたかもしれない。そんな姿を同級生に見られる耐えがたさを、姉は六十年以上経っても、嫌で嫌でたまらなかった、と顔をしかめていった。

小学低学年のころだったと思う。そのころ母は行商をして生活を支えていて、父が町まで仕入れに行くことがあった。町の停留所で降りたとき、同じバスに乗っていたおばさんが車酔いなのか下車してすぐに嘔吐した。父は自分に吐瀉物がかかるのもかまわず、人目の中を

おばさんの背中をさすって介抱していた。私は恥ずかしいと思いながらその様子を見ていた気がする。大人になってからもときどきそれは浮かび上がってきたが、恥ずかしいという気持ちではなく、ほとんど知らない父の人格の一面という形であった。また、小学校の夏休みの宿題を手伝ってくれたり、作文を直してくれたりした記憶などで、私の父との記憶は少し甘いかもしれない。三つ年上の姉は、病弱な父に代わって労働力でもあっただろうし、寝たきりになった父の尿瓶も替えたという。下に私がいたから、姉の「子ども時代」は少なかったかもしれない。私はただ幼いというだけでそういうことを何もしなかった。

同じ親から生まれても、育つ時代や環境によって感受性も思い出も違う。父も二男で末っ子ということで父の兄・本家の総領とは違い、分家となっても引き継ぐものは何もなかったのだろう。

「キッチョンサマの子守もしたわ。田植えの、いまでいえばアルバイトもした、それで一食二食浮かせられるから」

姉は一事に触発され次々と浮かんでくる記憶を整理するように、

「あのころはみんな貧しかった」

そういって笑った。

「俺の家だって中農以下だったと思うよ」

と孝夫がいった。

「これを機会に、律子さんも映子さんも、ここが実家だと思ってまた来てくんねかの」

とてい子さんが、いった。

「ええ、ぜひ。今度は山菜の採れるころに来たいね」

と姉は心からそう思っているようだ。

「さて、行くかね」

孝夫の合図で、てい子さんが、

「これ、家で作った物ばっかだけど、持っていってくんねかの」

と紙袋を差し出した。乾燥したゼンマイや冷凍されてビニールに小分けされた、さまざまな漬け物や、野菜が入っていた。姉が、

「国産のゼンマイなんて、東京では高級食材だわ。うれしい」といった。

ふる里が私の内に、少し居場所を確保したようだった。

はい チーズ

母に会いに行くのは三ヵ月ぶりであった。母が入居している「ハーモニー若原」は、映子の家から自転車で三十分ちょっとで、途中に長い急な上り坂がある。坂を上る手前に信号機があるが、そこからはどんなに頑張っても一漕ぎのペダルも踏めない。自転車を降り、覚悟を決めてゆっくりゆっくり自転車を押していくのだが、それが十分も続く。途中で一度立ち止まって息を整えないといけないほどだ。

坂を上り切ると左手に消防署分室がある。そこからは五分ほどのところに三階建ての住宅型有料老人ホーム「ハーモニー若原」がある。母が入居したときは、開設して半年もたっていないという真新しい施設であったが、それから三年、母はそこに居る。

正面のガラス扉の脇のインターホンを押すと、外から丸見えの事務室の誰かが押すのか自動的にドアが開く。

いつものように映子は玄関窓口に置いてある来客者用の用紙に名前を記入した。廊下との段差のない広い玄関に、黒の革靴が一足揃えてあった。面会者の靴、息子か誰かの靴だろうか。映子も靴を揃えて、焦げ茶色のスリッパに履き替えた。

玄関を上がってすぐの広い空間に、応接用のソファセットが置かれている。左側が食堂、右の廊下の左右には事務所と会議室が二部屋、さらに進んだ突き当たり左側にエレベーターが二機ある。右側には浴室などがあるようだが、映子はその先には行ったことがない。

エレベーター脇の壁には、お誕生会とか、お花見会などの行事のときに写した写真がたくさん貼られてあった。大勢のなかから母を見つけた。母は二十人近い利用者たちの真ん中にいて、いい表情で笑っている。

二階三階が居室で、母の部屋は二階の廊下を入って二番目だ。

エレベーターが二階に止まって、ドアが開いた。目の前に車椅子の母がいた。あら、といって映子は母を見た。車椅子から見上げた母と目が合った。目が合ったが、しばらく、はて誰だっけ、といった表情で映子を見ている。

「エイコかー」

ようやく母の頭の回路が繋がったようだ。うれしそうにニコニコと映子の顔を見ている。

「どこかに行こうとしていたの？」

映子は聞いてみた。母はまた、はて、といった表情をしたが、しばらくして思い出したらしく、

「お昼だから、食堂よ」

といった。だがすぐそのあとに、

「いいから部屋に行こう」

と車椅子の向きを変えようとした。

時間は午前十一時。ロビーには入居者の姿が見えない。スタッフ用テーブルにも誰も居なかった。十二時からの食事にはまだ間があるが、みんなはもう移動したのだろうか。一人、一人に手間がかかるから、移動に手のかかる人から先に食堂に連れて行ったのかもしれない。

203号室・高橋ヨシ江と名札のかかっている部屋に、母の車椅子を押して入った。映子が今日来たのは、母の髪を切るためであった。

「髪を切ろうね」

昼食にはまだ小一時間あった。車椅子にストッパーをかけ、さっそく持ってきた風呂敷を母の襟首に結びつけた。膝の上と床に新聞紙を広げた。母はもう頭を心持ち下に向け、切られる体勢に入っている。

「どう? 変わったことなかった?」

「変わったことなんて、ないねえ」

「じゃあ、いいじゃない」

「そうだね。まあしあわせだね」

「それはよかった」

いつもどおりの他愛のない会話をしながら、だいぶ伸びてきた真っ白な母の髪に、映子はジョキジョキと鋏を入れていった。

母は目を閉じ、黙ってされるままにうつむいている。施設で入浴もシャンプーもちゃんとしてくれているのか、母から何の臭いもしなかった。少なくなった髪に櫛を入れる。透けて見える地肌はピンク色だ。伸びた髪が、切るたびに新聞紙の上にカサッと落ちる。逆さに生えている襟足の髪を切ろうとして、鋏の先が首の皮膚にあたった。

「イタッ」

母は目を開け、むっとした声を出した。映子はそれがおかしかった。

「痛い？　生きてる証拠よ」

母はまた目を閉じた。次に来られるのがいつになるかわからなかったから、可能な限り短くする。床屋を真似て、櫛で髪を逆さに梳き上げ、櫛の先にはみ出た髪を切ろうとするがうまくできない。襟足の生え際が少し虎刈りになった。それがまたおかしくて、映子は笑いながら虎刈りを修正しようとするがうまくいかない。うつむいて娘にされるがままになっている母の姿が、映子にはなぜだかおかしく、いとおしいと思えるのである。

母が「ハーモニー若原」に入居したのは、九十七歳を数ヵ月ほど過ぎたころだ。姉は、もう一時もあのひとと一緒に暮らせない、と痛みでゆがんだ顔のまま、暗い声を出した。積もり積もった鬱憤や尖った神経が、痛みとなって身体を動かせなくさせたのだ。おばあさん、あるいはおばあちゃんと呼んでいた母をばあさんというようになり、そしてついに姉は、あのひと、といった。

姉は腹にあることをなかなか吐き出せないタイプだが、母は思ったことをすぐ口にする。姉は自分の親と暮らしていることで、夫に気兼ねもあったのだろう。夫にも母にもいいたいことがあっても、波風立たないようにと長い間自分の内にため込んでいた。それが我慢の沸点にまで達した。その鬱積したストレスが激痛という形をとって身体に現われたのだ。

母には母の、娘婿や姉との関係に悩むこともあったが、口に出してしまえば自分自身に後腐れがなかった。そんなこんなの燠火が何かのきっかけで煽られ発火し、一時的消火では消せないほど燃え上がって、母は「ハーモニー若原」で暮らすようになったのだ。

映子の立場は、問題処理係、ということになるかもしれない。母の愚痴を聞くことも、姉の愚痴を聞くことも、まれには義兄の母への愚痴を聞くこともあった。三者三様の、映子にしたら些細なと思われる事柄でも、一緒に暮らした者でなければ感じられない齟齬や腹立ちや痛みとなって積み重なっていったのかもしれない。映子はそれぞれに同調的にうなずく。

せめてものガス抜きだ。

映子は同じ市内で六十歳までの三十年間、喫茶店をやっていた。そのあと結婚したから、二人暮らしになってまだそんなにたっていなかった。

姉家族間の調整役以外、母のことはすべて姉に任せてきたのだから、映子は楽で身勝手な立場にあったといえる。それはそれで、姉に全部任せてきたという負い目が、映子にはある。だから姉がもうダメ、といってからは、母の老人ホーム入居から現在にいたるまでのすべてを一人で進めてきたのだった。

施設に入った母は、毎日荷物をまとめては広い玄関口に出て来て、家族が迎えに来てくれることを待っていた。映子が面会に行けば、どうしてわたしはここに居るのだ、なぜ帰れないのだ、と、きつい語調で問い詰めた。おねえさんが、もうおかあさんとは一緒に暮らせないといった、などと母にいえるわけがなかった。

母が「ハーモニー若原」に居ることを受け入れたのは、入居後三ヵ月も過ぎたころだった。その日、ベッドに横になっていた母に、どう元気、と声をかけるとむっくり起き、何もすることがないから退屈で、といった。確かに退屈だろう。自宅だったら裏の小庭に出て、草花の手入れをしたり、家族の洗濯物を取り込んだり、接骨院に行ったりしていたのだから。

今度、百合と知香が会いに来たいっていたよ、と孫とひ孫の名前を出すとうれしそうに、あ、そう、来てよ、と「わたしの家に遊びに来て」というようないい方をした。

そのころから、母は施設の人にも帰りたいといわなくなったようだ。何がそうさせたのか、母の受容性か、生来の楽天性か、施設に知り合いができたのか、記憶が薄れたのか、どっちにしても、母の心が乱されることのない暮しに入ったということだった。それは映子の心に刺さっていた棘を細く柔らかいものにしてくれた。

　映子が母の髪を切りに行くようになったのは、入居一年ほど経ってからだった。それまでは、月一回美容師が施設に来ているので、それに任せていた。

　母が穏やかに暮らしていることを幸いに、「ハーモニー若原」に行くことがだんだん遠のくようになっていた。忙しさを口実に逃げていたということもあるが、実際映子は忙しかった。だが、どんなに忙しくても行こうと思えば無理してでも時間を作るだろう。回数が間遠になっている心苦しさが、頭のどこかにいつもあった。親を捨てた、という後ろめたさがよぎることもあった。施設の人に、入れるときはあんなに大騒ぎをしたのに、入ってしまえばほったらかし、と思われているような気もする。他人の目を気にするのは映子の疚しさから来るものだ。それで、散髪をしてあげなければならない、という義務を自分に課すことで行かざるを得ない状況を作ることにしたのだった。

　最初のころは、あんた、できるの？　と不器用な映子を不安そうに見上げていたが、回を重ねるごとに安心して身をまかせ、うとうとしていることさえもある。

三ヵ月ぶりではあったが、母はそんなに久しく会っていないということの認識がなかった。入居時には介護度2で、自分の足で歩いていた。百歳になったいま、介護度4で車椅子。認知症もだいぶ進んでいるが、自力で車椅子の車輪を回すのだから、力は残っている。声に張りもあった。話は一方的であったが、聞いて相槌を打ち、肯定する。

「眠らないでよね」

映子の呼びかけに、

「眠りなんかしないさ」

とすぐに反応した。

母の口の端に灰色の髭がつんと伸びている。皺の寄った鼻下を指で伸ばしながら、石けんもつけないで剃る。ついでに襟足も剃った。首回りの風呂敷にも膝の上と床に敷いた新聞紙にも、灰色混じりの白い髪が散らばっている。映子は美容師の気分で、少し離れて横から斜めから母を見る。耳の上の不揃いの髪を、再び鋏で少し切る。よし、でき上がり。

「どう?」

鏡を顔の前に持っていく。母はちょっと顔を横に傾け、じっと見つめてから、

「ああ、いいね」

といった。映子は、襟足や顔に付いた髪を手や息で吹き払い、切った髪を新聞紙に集め、

「はい、一丁あがり」

と母の肩をぽんぽんと叩いて、自分の仕事ぶりを満足して眺めた。

「ああ、さっぱりした。ありがとう。ありがとう」

といいながら、映子と向き合ったとたん、

「あんた、結婚は？」

と聞いてきた。

「した、と前にいったでしょ。ほらこの人よ」

テレビの脇の壁に、母の大事な思い出の写真が何枚も貼ってある。映子はそのなかの一枚を指さした。何回話しても母は、映子が結婚したことを覚えなかった。面と向かって結婚はどうするの、などと聞いたことはなかったが、六十過ぎまで一人でいたことが親としてずっと気がかりだったのだろう。

だが、母の関心はもう、映子と話していたことから、自分自身のことに向いている。

「わたしはしあわせだよ。毎日が楽しい。わたしの人生はいい人生だった。いつ死んでもいいけど、まだ元気だから今年いっぱいは死なないと思うよ」

「今年いっぱい？　そうすると、あと半年しかないよ」

と映子はからかった。

「半年？　あら、それじゃあいくらなんでも早すぎる」

母とおしゃべりしながら、映子は車椅子を押して食堂へと向かった。

母の席は決まっている。他の三人はすでに食事がテーブルの上に出されていた。食事を運んできてくれたスタッフが、

「あら、高橋さん、きれいになったわね、誰に切ってもらったの」

「妹よ」

母は映子の方を見てスタッフに妹、といった。スタッフも映子もおや、と思っていると、

「ああ、違った、娘よ、娘」

と笑いながら手を横に振った。

「娘さん、よかったわね。妹さんだといくら何でも差がありすぎると思ったわよ」

「あはは」

母は大きな声で笑った。映子は、また来るね、といったが、母はもう食事に関心がいっていて、バイバイというように手をひらひらさせて、映子の方を見ようともしなかった。

帰り道の急な下り坂を、ブレーキをかけてゆっくりと自転車を走らせながら、次に来るの

はやっぱり三ヵ月は先になるだろうなあ、などと思っていた。

実際、映子の身辺は慌ただしくなっていた。母の七歳下の妹がやはり同じ市内の老人ホームに一年前から入っていた。叔母の夫はすでに逝き、子どもが居ないから映子が身元引受人になっていた。その叔母の身体の具合があまりよくなかった。母の方より叔母の施設から頻繁に呼び出しがあった。

その上、五十年近く音信不通だった田舎の従兄から、墓仕舞いについての相談が来ていた。それらの手配や打ち合わせなどで日時はあっという間に過ぎていく。だが、墓仕舞いについて母に了解をとらなければならないことがあった。そのとき髪も切れば、用事が一回で済む。そんな算段をして、次に行ったのはやはり三ヵ月を過ぎていた。

なるべく早く済ませたいと思って、その日映子は早めに「ハーモニー若原」に向かった。母の居室に行くと、母は居なかった。二階の談話室にも、食堂にも母の姿はない。スタッフに聞くと、入浴中だという。母の入浴姿を見たいと思ったが、部外者は駄目、と断られた。仕方なく母の部屋で所在なく待っているが、その時間さえ勿体なく思える。同時にそう思うことに親不孝という言葉も浮かんで付いてくる。だが案外早く、母はさっぱりした表情でスタッフに車椅子を押されて帰ってきた。

映子は慌ただしく髪を切る用意をし、母に風呂敷を巻き付ける。自分に義務付けた髪のカットであったが、いつも二、三ヵ月は過ぎてしまう。頭を洗った髪はドライヤーで乾かしたのだろうが、まだ少し湿り気があった。その髪に櫛を入れながら、

「新潟の墓仕舞いをしなければって、新潟の孝夫から電話があったよ。田舎も共同墓になるらしいよ」

と切り出した。母は自分が死んだら、新潟の父が眠っている墓に入るのだと決めている。

「共同墓なんて、いやだねえ。わたしは平田にとうちゃんのお墓があるからいいよ」

といった。

映子は自分が亡くなった後、どこの墓に入ろうがまったく気にはならない。死後のさまざまな手続きをしなくてはならない残された人間が、楽なやり方でやればいい、と思っている。死後の骨のあり場所についての拘りはなかった。しかし自分はとうちゃんと同じ墓に入る、と決めている大正生まれの母に、死に行く先の不安を与える必要はなかった。映子はそれで墓のことからさりげなく話題をそらした。


それから一ヵ月もしないある朝、映子のスマホに「ハーモニー若原」の看護師から、母がトイレで転んで膝を痛め湿布をしている、と連絡が入った。その上、昨夜は隣の部屋に入っ

て失禁と失便をしていた。だいぶ認知症が進んできているが注意深く見守っていきます、と続けた。

入居して三年以上になるが施設からの電話は、メガネを踏んで壊したから持ってきて欲しい、とか、夜トイレに起きなくてもよいように紙おむつを購入してよいか、といったことぐらいで、身体の不具合で電話をかけてきたことはなかった。

この前行ったときに看護師から、いつもと変わらない、と聞いてきたばかりだった。歳が歳だけに何が起きてもおかしくはないが、たった一ヵ月での状況の変化に心配になって、映子はすぐに母のところに行くことにした。姉に電話した方がいいのではないか、と迷ったが、まずは自分で状況を確認してから、と決めた。

姉は母が老人ホームに入ってから一度も面会に行っていなかった。自分から、母の状況を聞くこともしなかった。孫もひ孫も、義兄ですら一度は面会に行ったのだが、姉は頑ななままでに行こうとしなかった。母に会いに行った後たまに、その様子を姉の家に行って報告するのだが、姉はうなずくことも、質問することもなかった。聞こえてはいるのだろうが、まったく表情も変えず、母のことに自ら触れることもなかった。三年たってもなお、姉の心は固まったままなのだろうか。

母の数十年は娘婿との軋轢に苦しんだ歳月であった。しかし、老人ホームに入ることになる少し前あたりからは、義兄の方が母の具合を気にかけてくれていた。それが境目のように姉の方が露骨に母に対してつんけんするようになっていた。

十一時半ごろに「ハーモニー若原」に着いた。間もなく昼食の時間となることから、食堂には大勢の入居者がテーブルについて食事が出て来るのを待っている。食堂を覗くと、母がいつもの席に坐っていた。向かい合っている者たちの間でも、食堂全体でも会話している者は見あたらない。

食堂に出て来られるのなら、それほど心配することはなかったと思いながら、映子は母の傍に行って腰をかがめて、

「エイコだよ」

と顔を覗き込むようにしていった。いつもなら、あら、来たの、とうれしそうに応えたものだが、あまり表情に変化がなかった。まだ食事も出ていなかったからスタッフの了解を得て、母を部屋に連れて行くことにした。

「どう具合は？　転んだんだって、膝は大丈夫？　痛くない？」

「痛くない」

母は口数も少なく声に張りがない。ズボンと靴下の間から見える足は、むっくりと腫れていた。右足は全体が赤黒い。こんなにひどい転び方だったのに、痛さを感じなくなっている

のだろう。痛みを感じなければ、肉体は辛くないだろうが、映子は痛ましさを覚えた。

「足が浮腫んでいるね」

母はそれに応えず、

「わたしはここで終わるんだね、わたしの人生はしあわせだったよ」

といった。映子が行くといつもいっていた言葉だった。

「百歳を越えて、わたしの人生はしあわせだった、なんていえる人はそういないよ」

「百歳になんかなっていないよ」

だんだん、いつもの母が返ってきた。映子は壁に貼ってある賞状を外して母の目の前に広げた。

「ほら、百歳のお祝いにもらったこれに内閣総理大臣・安倍晋三って書いてあるでしょ」

「あらー、百歳になったんだ、とうちゃんが死んでから六十年も経つんだ」

安倍晋三の賞状など破って捨てたいほどだが、母に少し正気が戻って来たので、映子は車椅子を押して食堂に連れて行った。だが、あの足の浮腫は悪い兆候に思えた。

食堂の同じテーブルの人たちは、食べ始めたばかりのようだった。三人とも映子の挨拶にうつろな目つきのまま、返答はない。じゃあ、帰るね、といっても母はいつものように手をひらひらと振らなかった。そしてもう映子に関心がなかった。

帰宅するとすぐに、母の状況を姉に電話で伝えたが、姉に危機感が伝わったかどうか映子にはわからなかった。

それから二、三日して、また「ハーモニー若原」の看護師から電話がかかってきた。

「嘔吐し食欲がない。口から栄養を摂れないので、点滴をやりますか」

と決断を求められた。

「点滴をしないとどうなりますか」

「栄養が摂れない、ということですね」

母は百歳だ。だが百歳だからといって、そこでストップさせていいのか。もし映子が点滴をしなくてもよい、といったらそこで母の死はそう長い時間を経ないで終わることになる。

映子に医療行為の判断が求められている。映子は言葉に詰まった。以前看護師の友人に、点滴をすることによってかえって苦しむ場合がある、と聞いたことを思い出した。点滴をしなければ、栄養をまったく摂らなければ、餓死するということだ、と友人はいった。

もう百歳だから、いやたとえ百歳だとしても、と映子はその間で揺れた。映子の一言で母の命は決まる。しばらくしてやっと、

「点滴はやりません。ヨーグルトやアイスクリームなど本人が望む物があったら何でもお願いします」

といった。急に疲れを感じた。

電話を切った後、映子は落ち着かない気持ちでパソコンを開き、インターネット検索に「高齢者の点滴の可否」と打ち込んだ。

「終末期の過剰な輸液は、心不全や肺水腫による呼吸困難をきたす。『枯れる』ことのメリットを理解し、『待って見守る』ことこそ、平穏死、すなわち穏やかな最期がかなう」とあった。また、「老衰の終末期には水分や栄養を無理に摂らせなければ、眠るように楽に逝けるのです」という記事も見つけた。映子はいい訳の免罪符を見つけた気がした。だからといって、心が軽くなるわけではない。

姉に、看護師から点滴をするかどうかの判断を求められたから、独断で、点滴はしません、と伝えたけどいいかしら？　と電話した。

「そうするとどうなるの？」

「うとうとと眠り続けると思う」

姉はそれには答えなかった。映子は、姉の感情を汲み取りかねた。

どちらにしても、母の最期が近づいていることは確かだった。姉の感情がどうであれ、やはり姉は母に会っておかなければならない、と映子は思った。同時に甥や姪にも、もう最期かもしれないから、と連絡を入れた。

姉は会いに行くことを渋っていたようだったが、息子と夫に強くいわれたようで、ようやく翌日、彼らと一緒に「ハーモニー若原」に行くことになった。映子もそこで落ち合うことにした。

一足先に映子は母のところに着いた。母はベッドに横たわって眠っていたが、その姿の急激な変化に映子は衝撃を受けた。

「エイコだよ」

映子は母の耳元でそっと呼んでみた。母はうっすらと目を開け、しばらくしてから、ああ、と小さな声でいってまた目を閉じた。

「いま、律子ねえさんも来るからね」

タブーとしていた姉の名前を、三年半ぶりに母の耳元で口にした。母の瞼が微かに震え、それからまたうっすらと目を開け、一瞬あらぬ方向へとゆっくりと動いた。

姉が、一緒には暮らせない、という状態になって「ハーモニー若原」に入居することになった当座、母は、自分の家があるのになぜわたしはここにいる、と映子が面会に行くたびに詰問したものだった。その都度映子は、姉は病気で入院している、と誤魔化してきた。そのいい訳がきかなくなると、まだ体力がつかないから、と別の嘘を作り上げた。姉の身体の具合が悪いという嘘がつけなくなると、義兄が怪我をしたとか、仕事が忙しいなどと適当ないい方をしてきた。そのうち、なぜ来ないのかではなく、どうして来ないのだろうねえ、となり、いつしか自分からは滅多に姉の名前を口にしなくなった。その代わりに、映子が行けば、わたしはしあわせだ、ここは楽しいよ、を口癖のようにいった。

娘に見捨てられたことも、だんだんうっすらとした靄の背後に引っ込み、楽しかった記憶が前面に出て来たのかもしれない。とはいえ、母の精神は、そのように切り替えることによって、さまざまな人生の労苦を乗り越えて来たのだ、と映子は思う。そしていつしか映子が、多幸症のようだ、と思えたほどに、わたしの人生はしあわせだった、といいきることでそう思い込んでいったのではないだろうか。それでも、母の寂しさを映子は感じていた。

間もなく姉たちがやって来た。最初に甥が部屋に入って来た。義兄が姉の背中を押したが、姉は入り口に立ち止まったまま動かなかった。義兄は仕方なしに先に入って来た。それでも、姉は部屋のなかに足を踏み入れない。ベッド脇に来た甥を、映子は母の耳元に、

「ケンタだよ」

といった。母は再びうっすらと目を開け、またすぐに閉じた。

「律子ねえさんも来ているよ」

さらに映子は耳元でささやき、姉を手招きした。姉はまるで駄々っ子のように、入り口で固まったまま、一足を踏み入ることができないでいた。その姿に映子は、姉のすべての感情

が凝固していると思った。姉の悲しみのすべてがそこに詰まって、その重さが足を動かせないのだ、と思った。

甥が入り口の姉のところに行って、ほら、と背中を押した。姉は、悔いなのか、長く会わなかった照れなのか、あるいは親を捨てたという感情に囚われているのか、おそらくそれらすべての感情が詰まっているだろう不思議な表情で、ようやく部屋に足を踏み入れたのもの、なかなか母のそばまで来ない。甥が姉の背中を再び押した。

「ほら、律子だよ」

映子は場所を入れ替わって、姉を母に近づけた。姉は腰をかがめもせず、ただぼーっとベッド脇に突っ立っている。母は再びうっすらと目を開け、眼球をゆっくりと動かして見上げたようだった。そして安心したように微笑んだ。それから、もごもごと聞き取りづらい声で、

「ぐあいがわるいんだよ」

といった。それはまるで姉に訴えているようだった。それでも姉は押し黙ったままだった。声をかけたら取り乱してしまうので黙っているのだろう、と映子は解釈した。それほど、姉と母が会うことは、二人の長い葛藤の最後の和解の場面のはずであった。だが、姉は最後まで母の頬に触れることも、言葉をかけることも、手を握ることさえもしなかった。そしてすぐに映子に場所を開け渡した。その間息を止めているのではないかと映子が思うほど、姉は

身動きしなかった。

姉は本当に母を鬱陶しく思っていて、映子の方が逆に情緒的すぎるのだろうか。いや姉はそこまで冷たくはないはずだ。

目をつむった母に映子は、どう？ と声をかけた。母は目をつむったまま、

「ありがとう……ありがとう」

と、ようやく聞き取れる声でいった。

姉は、と見ると、タンスの引き出しを開けて中身をかき回したり、仏壇の鉦をチンと鳴らしたりして、あちこちをうろうろと落ち着かない。姉の一連の行動は明らかに場違いだった。

「死んだ人のいる仏壇なんかじゃなく、生きている人の傍に来なさいよ」

映子は母に聞こえないよう、小さく声を尖らせた。結局、姉は最初だけしか母の傍に寄らなかった。姉の心の内を覗くことはできない。むしろ、普通ではない姉の行動が姉の心情のすべてを語っているのかもしれない。

翌日、仕事を休んだ姪と一緒に母のところに行った。もう目も開けないし、呼びかけても返事をしなかった。だが、手だけは伸びをするように何度も動く。まるで、姉娘の家で縮こまって生きてきた長い年月を埋め合わせるように、母は身体を伸ばそうとしているかのようだった。手のひらは赤黒い。脱脂綿で唇をぬらそうとしても反応がない。

「おばあちゃん、あんなに手を伸ばしたりしているのは力があるということだよね、まだ大丈夫だよね」

骨と皮だけになった祖母の姿に、祖母と母との葛藤を見てきた姪ゆえにか、あるいは祖母にかわいがられた思い出にか、姪は涙ぐんだ。彼女が小さいとき、両親が自営業で忙しく、だからほとんど祖母に育てられたようなものだった。

朝九時過ぎに、映子のスマホが鳴った。母が亡くなった、とそのとき思った。案の定老人ホームから、旅立ちました、との電話であった。

姉に連絡をし、それから葬儀社への手配をした。母の容体が変化したころ、たまたま家のポストに葬儀社のチラシが入っていた。家族だけで見送るのに適した葬儀社だったので、映子が何となく取り置きしておいたものだった。

「ハーモニー若原」に家族が揃ったのは十一時になっていた。玄関に施設長とスタッフが出迎えてくれた。いつにはないことである。

看護師の説明によると、数日前から水分も一日三〇ccほどで、苦痛もなくうとうとと眠り続けていたという。死亡診断書は「老衰」。枯れ木が倒れるように、母はその肉体を全うさせた、と映子は思った。

母はグレーのカーディガンに着替え、穏やかな表情で横たわっていた。

「このカーディガン知ってるわ。おばあちゃんが好きだったよね」

ひ孫の知香が姪にささやいていた。

最後に会ったときのやせ細った皺の多い顔が、ふっくらとしていた。顔も剃ってくれたようだった。映子は母の頬に触った。冷たい。重さを感じる冷たさだ。

「みんなそばに来て、触ってあげて」

と映子はいった。一番に姪が近寄って頬に触った。そして涙を流した。それを見て、姪の二十二歳の長女知香が泣き出した。入り口近くにいたやはり姪の長男昴も顔を隠すようにしてすすり泣いていた。二十歳の男の子が曾祖母の死にこんなに泣くなんて、いい子に育った、と映子は感動した。この子どもたちは、小学生のときに両親が離婚して母親の実家に戻って以後、ずっと曾祖母と一緒に暮らしていた。

「知香ちゃんも昴もおばあちゃんに触れて、お別れをいいなさい。死ぬということはこういうことなんだよ」

と映子はいった。二人とも少しも恐れを抱かずに曾祖母の頬に触れた。姉は最後にみんなにさんざん促されて、ようやく母の頬に触った。姉だけが恐る恐るであった。

「やっぱり冷たい」

姉の場違いな言葉を、誰もとがめない。映子が勝手に想像し過ぎているのかもしれないが、姉には姉の悲しみの表現があるのだと思っていた。

母にはひ孫が四人いた。それぞれの生まれたときだっこした写真や、もう少し大きくなったころ一緒に撮った写真が壁にたくさん貼ってある。映子はそれらの写真を剝がして、母の胸元に並べた。姉が仏壇から数珠を持ってきて、胸元で組んだ手に持たせた。母の髪を最後に切ったのはいつだっただろうか。白い髪は、きれいに櫛で撫でつけられていて、長さも丁度よかった。

しばらくして、甥が妻をともなってやって来た。彼の二人の子どもたちは、学校の行事で来られないという。葬儀社には十二時に来てもらうことになっていた。

母の傍で、母から派生した六人の血筋と義兄、甥の妻とで思い思いに浮かんでくる言葉を紡いだ。それは静かでしんみりとしていて、それでいて温かい時間だった。ずっと黙ったまま母の亡骸に近寄らなかった姉が、

「おばあさんも、こんなふうにみんなに囲まれてうれしいだろうね」

とはじめて普通の人のような感想をいった。姉が一番それを感じているに違いなかった。

大正五年に新潟の寒村で生まれてから昭和・平成という百年の大河のなかを母はいまここに流れついた。この小さな頭蓋骨の内の脳に刻み込まれた三万六五〇〇日という年月、

八七万六〇〇〇時間という時間量のなかに、喜びの数も涙の量も悲しみの深さもすべて詰っている。そしてその結果として、母の胎内から流れでた血は子、孫、ひ孫の八人に繋がり、それからまた遥か先の時間へと引き継がれていくのだろう。

母へのさまざまな感情の正も負も、百年という膨大な時間量のなかに吸収されていった。

この場のこの雰囲気を最後に残した母に、映子は感謝した。

施設長がA4判に引き延ばし額に入れた母の写真を持ってきてくれた。施設で暮らしたなかから生まれた笑顔だ。

「あら、自然でいい表情だ」

と姉はいった。その声は明るかった。

施設長は、明るくてみんなに好かれたおばあちゃんでした、といってくれた。その言葉も多分こういう状況下での常套句であろうが、身に染みこんだ。

葬儀社が迎えに来た。家族は、母を担架に乗せるとき部屋の外に出された。死者のさまざまな状態は見せず、整ったところだけを遺族は見る、ということなのだろう。ちょうど昼時だったが、食堂の入り口はカーテンが下ろされ、なかから外が見えないようにしてあった。部屋から車に乗せるまで、入居者の誰一人にも会わなかった。死は明日は自分を訪ねて来るかもしれない、と入居者に連想させてしまうと施設側が配慮しているのだろう。

母を乗せた車は娘、孫、ひ孫に見送られながら、ゆっくりと最後の住処「ハーモニー若原」を離れていった。

葬儀は火葬場の都合で三日後だった。その間、母は葬儀社に安置されることになる。

葬儀といっても、姉夫婦、映子夫婦、孫ひ孫、それに義兄の兄の総勢十二人である。

葬儀社の社員が、最後のお別れをしてください、と棺が安置されている別室に案内した。棺の蓋が開けられ、横たわっている母の胸には映子が入れたひ孫の写真があった。孫、ひ孫たちは、映子が用意したピンクのカーネーションで母を飾った。母は明るい色が好きだった。棺のなかの母はぽっと桜色になったようだった。一人ひとりが母の頬に触れ、お別れをした。最後に棺に向かった姉が、どうしたことか母の頭を軽くぽんぽんと叩いた。それからゆっくりと頬を撫でた。姉は姉流の別れ方をしたのだと、映子は思った。そんな形でしか表現できない姉だから、心の内は苦しかったのだろう。

母の台車が釜のなかに入るのを見送った後、休憩室で軽食をとった。姉は孫たちにサンドイッチをすすめたり、ジュースのペットボトルを渡したりとまめまめしくしている。

母の骨を拾う時間になった。市役所の職員の指示で骨を骨壺に入れた。最後に職員が、「これがのど仏です、立派に残っています。これほどはっきりのど仏が残っているのは珍しいです」

といった。遺族はそれぞれ二人になって骨を拾い上げた。職員が最後の骨を骨壺に納めた。

「百歳なんですけど、随分大きな骨壺ですね」

と映子がいった。

「ええ、立派です。普通はこの半分くらいの量です」

職員は百歳という年齢に驚きながらも、しめやかに応えた。母の骨壺のサイズは大だという。大したものだ、とか、だから長生きしたんだね、などと親族は口々にいいあった。

骨壺は、箱に入れられ白布に包まれて、甥の胸に抱かれた。葬儀社の社員が出口まで見送ってくれた。映子は写真を撮っておこうと思いつき、葬儀社の社員に自分のスマホを渡し、写真を撮ってくれるように頼んだ。

母のお骨を抱いた甥を中心にして、みんながこんもりとした森を背景に火葬場の正面に向かって並んだ。

スマホを構えると、社員が、

「はい、チーズ」

といってシャッターを押した。

反射的に一同は笑顔を作ったり、ひ孫の中学生の女の子はVサインをした。それは一瞬の出来事だった。だがすぐにその場違いな言葉に気付いた。

「やっぱりいくらなんでも、はい、チーズはおかしいわよね」

と姪はいった。

「いくらなんでもまずいよ」

みんなは自分たちの反射的な行動を笑いたい気持ちと、不謹慎だった、という思いとの間でざわめいた。

葬儀社の社員は思わず出てしまった言葉にひどく恐縮した。そしてもう一枚撮り、平謝りに謝ってスマホを私に返した。私と甥と姪だけが二枚とも笑っていた。Vサインをしていたひ孫は、二枚目はちゃんとかしこまっていた。姉は二枚とも、笑っているのか泣いているのかわからない不思議な表情をしていた。

葬儀社の社員が、思わず、はい、チーズ、といってしまったほど、家族の気持ちが一つになって、母を見送る温かい感情を醸し出していたのではないか、と映子は思った。

わたしの人生はいい人生だったと思う、と母は会うたびにいった。思い出せば、ありがとう、楽しいよ、こんな所に入れて貰って極楽だね、そんな言葉しか浮かんでこない。

母のお骨は、三年半ぶりに母の部屋に戻り、その後新潟の共同墓に入った。形の上では父と一緒、ということになる。

いろいろのことが一段落したころ、映子は姉の家に行った。これからさまざまな公的な手続きをしなければならないからだ。

母が施設に持っていった仏壇が、再び母の部屋のタンスの上の定位置に置かれてあった。施設で写した笑顔の写真が立ててあった。姉は毎日水をあげ、線香を焚き、手を合わせているという。

「あんたは、亡くなったらお参りにも来ないね」

と姉はいった。

どんないい方をしても、母からは、姉を苛つかせるような返答は返ってこない。姉は心の内で母と対話し、姉の望む返答を母がしているのだろう。

死んでから優しくしたって、と出そうになった言葉を映子は飲み込んだ。姉は再び、

「あの日、電話がかかって来たとき、換気扇の掃除をしていて、最後の栓を取り付けようとしていたのだけど、なかなか嵌まらなくてね。やっぱり動揺していたんだね」

と思い出したようにいった。

「とにかくさ、立派に死んでくれたんだから、あっぱれよね」

映子は軽口で応じた。死んでからでは遅い、と口にしなくてよかったと思った。

母を鬱陶しいと思いつつ、そう思えてしまう自分をも姉は受け入れられなかったのではないだろうか。

老人ホーム入居費用や医療費などは、母の口座から自動引き落しされていた。姉が見せてくれた母の口座には、あと三ヵ月長生きしていたら、施設からの引き落としは残高不足となっていただろう金額が残っていた。

「このお金、どうする?」

と姉がいった。

「半分ずつにしましょう」

と映子は応えた。

「私ももらってもいいの」

と姉はいった。

あとがき

一九九二年『荒川昤子集』(あさひフレンド千葉)、一九九六年『訪問者たち』(東銀座出版社)を出版した。

一冊目のときには何もわからず、気が付いたら出版されていた、というありさまだった。二冊目のときには少しは状況もわかり、アドバイスも受けて友人、知人に本を出したのでよろしく、と案内状を出したりもした。

気のいい友人、知人は出版を喜んでくれ、快く購入してくれた。知り合いにプレゼントするといって数冊も購入してくれた人もいるなど、そのような反応、反響に心を強く動かされた。

一方で、彼らの善意に甘えて迷惑をかけたのではないか、との思いも浮かんできた。だから、その後もずっと同人誌などに作品を発表してきたが、それらを一冊の本にまとめようという考えはなかった。以前、本の泉社の新舩さんに、まとめたらどうですか、といわれたことがあったが、そのときも私の心は動かなかった。

ところが昨年の健康診断で心臓に異常が見つかり呼吸器専門医で再検査をするように、といわれた。身体的に不具合を感じていたわけではなかったので、「わたしはいつも塀の外側に落ちる」などとうそぶいて、軽い気持ちで近所の呼吸器専門のクリニックで再検査してもらうことにした。

専門医での再検査で「いますぐどうということはないが、経過観察をして二年後に手術をするかどうか」を考えようという説明を受け、「僧帽弁閉塞不全症」という病名を告げられた。ネットで調べるとさまざまなことがわかってきたが、いずれ手術はしなくてはならないようだ。病名が自分の体になじんできたころ、ふと、いつ死ぬかもしれない、という考えが浮かんだ。

能天気といわれるかもしれないが、七十を過ぎて初めて命の長さ、短さを具体的に考えた。ここ二年間に面倒を見てきた母と叔母を相次いで亡くしたこともあるかもしれない。私の命もそんなに長くはないかもしれない、と死が急に現実的に思われてきた。

次に浮かんだことが、作品をまとめておこう、という考えだった。そう思いはじめると、その気持ちがだんだん強くなっていった。作品は「自分の産み落としたもの」と巷でいわれているように、子どものいない私にとって、まさに作品は「苦労して産み落とし」たものだった。

そんなわけで、「僧帽弁閉塞不全症」と知ってから半年後には、私は作品をまとめて出版しようという気持ちになったのだった。

収録した九作は十年近くの間に書いたものだが、登場人物はほぼ一緒で、結果的に「ヨシ江」の後半の人生を追うことになった。似た作品もあるが、読み返してみると、大正に生まれた人間と戦後に生まれた人間を通して、女、家族、家制度、社会的意識などの急激な変容過程が表れているようにも思われる。

「ジェンダー」が盛んにいわれる今日このごろだが、思想的に成熟する以前に女である存在の不合理が言葉として表せないまま、情動のなかで右往左往する主人公を読者が感じていただけたならば、作者として喜びである。

【初出】

父の骨　『花粉期』１９８８年２―８
小さな旅　『民主文学』１９９１年３月号
五分咲きの桜　『だりん』１９９２年26号（「焼売」改題）
捨てた手紙　『しもうさ』２００１年５号（「母のこと」改題）
老いたきょうだいたち　『嵐』２００５年５号
うそ　『白桃』２０１５年２号（「九十日戦争」改題）
午後のひととき　『白桃』２０１７年６号（『民主文学』２０１７年12月号に転載）
墓仕舞い　『白桃』２０１８年８号
はい　チーズ　『白桃』２０１８年９号

荒川昤子（あらかわ・れいこ）
一九四七年新潟県北魚沼郡（現魚沼市）生。一九六五年新潟県立小出高校卒業。二〇〇八年放送大学卒業。
日本民主主義文学会会員、『白桃』同人。
著書に房総文芸選集『荒川昤子集』（あさひふれんど千葉）、『訪問者たち』（東銀座出版社）など。

墓仕舞い

二〇二〇年　五月三〇日　初版第一刷発行
著　者　荒川　昤子
発行者　新舩　海三郎
発行所　本の泉社
〒113-0033
東京都文京区本郷二-二五-六
Tel　〇三（五八〇〇）八四九四
FAX　〇三（五八〇〇）五三五三
http://www.honnoizumi.co.jp/
印刷　亜細亜印刷株式会社
製本　亜細亜印刷株式会社

ISBN978-4-7807-1967-3　C0093